这是一些语言和心灵的钻石
在时光的沉淀和洗礼中
变得更加璀璨夺目
阅读吧
让它们闪耀在你的精神世界

新课标经典名著

王尔德童话

（英）王尔德 著

陈月 改写

南京大学出版社

目录
CONTENTS

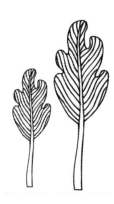

快乐王子

　　大家都知道，站立在广场正中央的那个高大英俊的雕像就是快乐王子，他浑身上下都披着薄薄的金叶子，当风吹过的时候，便飒飒地轻轻舞动起来；那两颗闪亮梦幻的蓝宝石就是他的眼睛，而挂在腰间的宝剑剑柄上则镶嵌着一颗璀璨夺目的红宝石。任谁看了这样的一位王子都会被他的风度和气派吸引，忍不住赞叹起来。譬如就有那么一位政府官员，为了向其他人显示自己具有很高的艺术修养和鉴赏能力，他说："嗯，这位王子就像风标一样美丽动人。"但是他又怕人们觉得他有点儿不切实际，说实话这是位顶切实际的官员呢，于是他又补充了一句："不过呢，我不知道他是不是像风标那么有实用价值呢。"

　　有一个小男孩哭得伤心极了，因为他是那么喜欢天上的月亮，喜欢到想要把它摘下来放进自己的口袋里，"看看快乐王子吧，我亲爱的孩子，你应该学学他的样子，我猜想他就算是夜晚在睡梦中，肯定也不会像你这样哭着要什么东西呢。"小男孩的妈妈说。

"在这个糟糕的世界上，竟然还会有这么快乐的人存在着。"一个神情沮丧的男人看着快乐王子自言自语地说着。

"快看他，他多么像一位纯洁美丽的天使啊！"孤儿院里的孩子们此刻正从教堂里出来，他们身上披着红色的斗篷，映衬着胸前挂着的雪白的围兜。

他们的老师奇怪地问道："你们怎么知道他像天使，难道你们见过天使的模样吗？"

"是的，是的，我们见过，在梦中。"孩子们说道。但是老师听后板起了脸，露出不高兴的神情，他对孩子们做梦的行为表示出了自己的态度。

有一天夜里，从城市的天空中飞来了一只小小的燕子。他现在落了单，因为他的伙伴们早在几个星期以前就已经向埃及飞去了，而他却因为迷恋那株纤细美丽的芦苇小姐，慢慢地脱离了队伍。燕子和芦苇小姐的相遇是从早春的时候开始的，空气里飘浮着温暖湿润的爱情的味道。那时候燕子正在追逐一只大个头的黄蛾子，接着他看到了芦苇小姐，她曼妙的腰肢深深地吸引住了他，于是燕子停下了脚步，"小姐，我可以爱你吗？"他小心翼翼地问道。他不喜欢拐弯抹角，一下子就说出了心里的想法。芦苇朝他害羞地弯了弯腰肢，于是燕子快乐极了，他绕着她一圈一圈地飞行，又一下子擦过水面，脚尖轻轻挑起泛着银色水光的涟漪。这就是燕子表达爱意的方式，在接下来的整个夏天他每天都在重复这样做。

其他的燕子们认为他这样的行为非常可笑，"傻子，你看她什么都没有，既没财产，又有那么多亲戚。"是啊，放眼望去，这里的确到处都是芦苇呢。

夏天很快就过去了，其他的燕子都飞走了，只有那只爱上了芦苇的燕子留了下来。可是伙伴们一走，他就感到非常寂寞孤单，最后竟然开始讨厌并埋怨起那位芦苇小姐来。"她连一句话都不会说，"燕子说，"而且我觉得她其实并不像看上去的那么纯洁，没准是个轻浮的女人呢，有好几次我都看见她和风眉来眼去的。"他说得也没错，每当起风的时候，芦苇便优雅地翩翩起舞。"她倒是非常适合做一个贤惠的妻子，在家里好好过日子。但是我却喜欢到处旅行，作为我的妻子，难道不应该跟我在一起吗？"于是燕子最后一次问芦苇小姐："你愿意跟我一起飞到埃及去吗，亲爱的？"但芦苇只是轻轻地摇了摇头，她不愿意离开自己的家，对这里充满了深深的眷恋。燕子看了很生气："原来你一直在玩弄我啊！那好吧，再见吧，我要飞去埃及，在金字塔顶上绕圈了！"说完他头也不回地飞走了。

燕子不停地飞，飞了一整天时间，夜色降临的时候，他终于来到了这座城市的上空。"唉，我今天晚上该到什么地方去过夜呢？"正在他发愁的时候，看到了广场上快乐王子的雕像。"啊，那儿可真是个顶好的地方呢，可以看到美丽的风景，呼吸着城市里的新鲜空气。"于是他飞下来落在了快乐王子两脚之间的地方。

　　"我的房间是金子做的，"他快活地说道，"我真像个国王呢。"他看着周围的一切，对自己选的地方非常满意，打算马上就进入梦乡，一天的飞行实在是把他累坏了。可是就在他刚刚把头枕在翅膀上的时候，突然从上头"咚"地落下了一颗大大的水珠，燕子吓了一跳，抬头看看天空，"咦，真是好奇怪，天空那么晴朗，繁星闪耀，怎么好端端下起雨来了？这里的天气真是瞬息万变呢。我记得芦苇是非常喜欢下雨的，不过那跟我又有什么关系呢？那只是她们自私的心愿罢了。"

　　话还没说完，一颗接一颗的水珠又落了下来。燕子再一次抬起头向上张望，啊，他看到了——看到了一幅不可思议的画面！

　　快乐王子眼睛里含着泪水，泪珠顺着他英俊的脸颊流淌下来，在月光的照耀下，他看起来是那么忧伤又惹人怜爱。

　　"请问你是谁啊？"燕子忍不住问道。

　　"我叫快乐王子。"这个伤心的人回答。

"既然你是快乐王子，为什么要流泪？你看起来并不快乐啊！你的泪水都快把我淋得湿透了呢。"燕子不解地问。

"以前，当我还是一个活生生的人的时候，我住在富丽堂皇的宫殿里，过着自由自在的生活，任何的哀伤和忧愁都无法进入那里。当太阳升起之后，我在花园里和人们游玩，到了晚上我们在金色的大殿里欢唱跳舞，而我就是领舞的那个，所有的一切都被快乐和美好包围，我是那么快乐，所以人们叫我快乐王子。当我站在我的宫殿里，看着四周高高竖起的围墙时，我对外面的世界一点都不感到好奇，也丝毫没有出去看看的想法，就让我像这样快乐地活着，然后快乐地死去吧。可是当我真的死了之后，人们却把我的雕像竖在城市的广场上，让我看到了那么多的苦难和丑陋。尽管我的心已经不再鲜活跳动，但我还是忍不住为看到的一切哭泣啊。"

"天啊，这座雕塑竟然有着一颗柔软的心！我还以为那颗心是坚硬冰冷的呢。"不过燕子知道自己不应该对别人品头论足，所以这些想法他只是悄悄对自己说的。

"你看，就在那儿，"快乐王子轻柔地说，"在那条破旧的街上住着一家穷苦的人。透过那扇开着的窗户，我看到一个女人正坐在桌子旁边绣花，她正在给一件绸缎礼服绣上西番莲花，那是皇后最宠爱的侍女准备在下个舞会上穿的衣服。她脸色憔悴，疲倦已经爬满了她的双颊和眼窝，双手也已经长出了厚厚的老茧而且伤痕累累，但是她依然不能停下手里的活，因为她是一个裁缝，也是一个卧病在床的孩子的母亲。他们的生活太不幸了，就连病孩子嚷着要吃一个橘子，贫穷的女裁缝——他的母亲——都无法满足他小小的愿望。她只能给他喂一点河水，你听孩子哭得多么伤心。亲爱的燕子，善良的燕子，你能不能帮我一个忙，把我剑柄上的这颗红宝石送去给他们？你知道，我的双脚不能动弹，一步也走不了。"

但是燕子很为难，"我很愿意帮你这个忙，但是我不能耽搁时间了，我的伙伴们已经早早上路，向温暖的埃及飞去，我想此刻他们已经欢快地在尼罗河畔嬉戏飞翔，跟美丽的莲花说着俏皮的情话，夜晚就睡在埃及法老们的墓穴里躲避风雨。埃及法老身上缠绕着一层层黄色的麻布，手掌已经干枯，但是防腐的香料使他们的身体永远不会腐烂，他们睡在五彩的棺材里，脖子上还套着泛着绿光的翡翠项链。"他不停地讲着，真希望自己此刻就在那里，和他的伙伴们在一起。

"帮帮我吧，燕子，亲爱的燕子，"快乐王子再一次请求他，"你就再在这里待一个晚上吧，这是一件善良的事，那个可怜的孩子和他的母亲需要我们的帮助，你就帮我做一次信差吧。"

小燕子听着王子的话，被他忧愁的面容和慈悲的心肠感动了，尽管这里的夜晚的确有点寒冷，但是他最终还是答应了王子的请求。

"感谢你，燕子，我的朋友。"王子开心起来。

于是燕子飞到王子的宝剑上，用尖尖的嘴啄下了那颗硕大的红宝石，衔在嘴里，在城市上空飞着，从一座座屋顶上面飞过，一刻也不停歇。

当他从教堂上空飞过的时候，巨大的白色大理石雕成的天使塑像静静地站立在那儿。但他从宫殿的上空飞过的时候，耳中传来了美妙的歌声，一个美丽动人的姑娘挽着心上人的手正向天台走去，小伙子对姑娘说："你看天上的星星，多么富有诗意，还有爱情，多么美好。"

"我希望我的礼服能够快点儿做好，我都等不及要穿上它跳舞了，上面要绣上精致的西番莲花。唉，不过那些女裁缝总是手脚很慢，但愿能赶得上舞会。"

燕子继续向前飞，飞过了宽广的河流，那些高大的船桅上到处挂着五彩的灯笼；他飞过了犹太人居住的区域，那些犹太商人们正为货物讨价还价，并用秤仔细称量着金钱。最后，他终于来到了那对贫苦的母子居住的房子，生病的孩子因为病痛的折磨，在床上翻来覆去，而他的母亲因为太过劳累已经不知不觉睡着了。燕子轻轻地飞到母亲绣花的桌子上，将嘴里的红宝石小心地放在她的手边，然后他又绕着病孩子睡的床飞了一圈，轻柔地用羽毛扇拂着孩子苍白的脸庞。"啊，真舒服啊，我感到有凉凉的风吹来了，是不是我的病已经好了呢?"孩子口里喃喃地说道,随后很快就进入了香甜的梦乡。

燕子完成了自己的使命,又飞回到快乐王子的身边,将他一路看到的,和自己所做的都告诉了他。"真是件十分神奇的事情啊,尽管天气已经变得寒冷,但是为什么我却觉得那么温暖呢?"

王子说:"那是因为你做了一件善事啊。"燕子不太明白王子的话,他想啊想啊,但不一会儿就睡着了。的确,思考这件事对他来说反而更困难呢。

天刚刚透出微亮的光的时候,燕子飞到河边去洗澡。一位鸟类研究专家正好从桥上走过,"天啊,真是不可思议,在冬天竟然还能看到燕子!"他忍不住喊了出来。于是他把自己看到的这个奇怪的现象写成一篇文章送到报社去,这篇文章还引起了小小的轰动。

"今天晚上,我要动身到埃及去了。"当燕子说起这件事的时候,眼睛里闪烁着激动的光芒。在此之前,他好好地到处转了转,看了高大雄伟的纪念馆,还坐在教堂的尖顶上眺望远方,麻雀看到他叽叽喳喳说个不停:"真是稀奇,这个时候还能看到燕子。"燕子很高兴有人和他说说话,他感到很快活。

暮色降临,月亮升起的时候,燕子来到快乐王子的身边,他去向他告别。"你去埃及有什么重要的事情吗?"王子问道。"我马上就要走了，再见了，朋友。"燕子说。

"燕子，亲爱的小燕子，你愿意再留下来陪我度过一晚吗？"快乐王子说。

"我很抱歉，但是我的伙伴们在埃及等着我呀，"燕子说，"明天也许他们将要飞到第二瀑布去，河马闭上眼睛卧在茂盛的纸莎草丛里进入梦乡，古埃及之神门农神坐在高大的花岗石做成的宝座上，整整一晚，他都坐在那里，抬头仰望天上的星星，每当星星闪烁一下的时候，他就快乐地叫出声来，然后又沉静下来默默地守望。而当午后，大群的雄狮从山上跑下来，他们的皮毛是漂亮的黄色，眼睛如同绿色的宝石一般闪着晶莹的光彩，咆哮的时候几乎能响彻天际，比瀑布落下的声音还要响亮壮阔。""可是，燕子，亲爱的小燕子，你知道吗？在这个城市的另一边，我看到一个阁楼里住着一个漂亮的年轻人，他的腰深深地弓着，正埋头在一张纸上写着什么，那是剧院的经理需要的剧本。在他桌子上摆着一个玻璃瓶，里面的那枝紫罗兰已经枯萎。他长着一头褐色的卷发，嘴唇比石榴还要鲜艳，一双大眼睛里充满了疲倦和朦胧的神色；壁炉里黑秃秃的，没有一点儿柴火，他被冻得浑身发抖，几乎快要活不下去了，饥饿和寒冷正在折磨着他。"

"我愿意，我愿意再陪你过一晚，"燕子说，他拥有一颗悲悯的善心，"我要像之前一样给他送去一颗红宝石吗？"

"可惜，我现在已经没有红宝石了，不过我的眼睛是蓝宝石做的，它来自一千多年前的印度，你取一颗给他送去吧，他可以把它卖个好价钱，用换来的钱买来食物和柴火，好继续写他的剧本。"

　　但是燕子哭了起来："王子，你不能这么做，我怎么能忍心这样做呢？"

　　"不要哭泣，燕子，小燕子，你就照我说的去做吧。"

　　燕子照王子的话，取下了他的一只眼睛，飞向年轻人住的阁楼。他从阁楼顶上的一个小洞飞了进去，年轻人此刻正用双手捂着脸，并没有注意到有一只小燕子飞了进来，而当他重新抬起头的时候，不由得惊呆了，在干枯的紫罗兰上放着一颗珍贵的蓝宝石。

　　"哈哈，我真是太幸福了！终于有人开始赏识我，这一定是他们给我送来的，这下我可以好好地完成我的剧本了。"年轻人脸上洋溢着幸福的笑容，像一朵绽放的紫罗兰。

　　过了一晚，第二天燕子又飞去了海湾。他坐在一艘大船的桅杆顶上，看着水手们用粗大的绳索捆住货物，他出神地看着他们喊着洪亮的号子，"嘿咻嘿咻"地把货物从货舱里搬到岸上。"我明天要飞到埃及去了。"他喃喃自语道。没有一个人理会他，他就这么坐着直到月亮升上深蓝色的天空里，他又飞回到王子的身边。

　　"我来向你告别，我要飞到埃及去了。"燕子说。

"燕子，亲爱的小燕子，你难道不愿意再留下来一晚吗?"王子说。

"不行啊，如果我现在再不走的话，很快暴风雪就要来了，"燕子回答，"但是在埃及就不一样了。太阳高高地在翠绿的棕榈树的顶端照耀着，空气里都是温暖的味道，鳄鱼懒洋洋地躺在泥地里晒着太阳。我的伙伴们会把巢筑在巴尔克古城的屋檐下，漂亮的白色或者粉红色的鸽子情意绵绵地依偎在一起，看着他们筑巢。王子，亲爱的王子，我想我再也不能答应你的请求了，但即使我离开了这里，也永远不会把你忘记，等到明年春天，我会飞回到这里，送给你两颗宝石，它们将比你失去的那两颗还要美丽珍贵。"

"就在我脚下的广场上，站着一个小小的女孩，她用来卖钱的火柴全部掉进了水沟里，现在它们已经派不上任何用场了，但是如果她就这样空着手回家，父亲一定会狠狠地打她一顿。可怜的小女孩，身上穿着破旧的衣服，连脚上的鞋都掉了，正在伤心地哭泣呢。燕子，亲爱的燕子，帮我把另一只眼睛取下来给她吧，这样她回家就不会被父亲打骂了。"

燕子叫了起来："不，我不能这么做，如果拿走另一只眼睛，你就再也看不见任何东西啦!"

"照我的话去做吧，燕子，亲爱的燕子。"王子说。

于是燕子取下了王子的另一只眼睛，衔在嘴里朝小女孩飞去。他来到小女孩的跟前，把宝石轻轻地放在她的手心里，"啊，这是什么？多么美丽的一颗蓝色玻璃啊！"她拿在手里笑着回家去了。

燕子回到了王子的身边，他觉得好悲伤，"现在你是一个瞎子了，什么都看不到了，我会永远陪着你，永远。"

"不，你要飞去埃及，不要留在这儿。"王子却说。

"我会陪着你，永远。"说着，燕子蜷缩在王子的脚边睡着了。

到了第二天，燕子飞到王子的肩膀上，开始给他讲以前看到的许多稀奇古怪的事情。他给王子描述那些红朱鹭，它们高高的额头和细长的腿像火一样红，在尼罗河边排成一行，巧妙地用尖尖的红嘴捕食河里的鱼；还有司芬克斯，人面狮身的雄伟塑像，他是沙漠里长寿的智者，世间的事情没有他不知晓的；他讲起那些拿着狼牙做的念珠的商人和他们长长的骆驼商队，在沙漠里缓慢地前行；他还讲起那位住在月亮山峰上的国王，他拥有比黑木还要乌黑发亮的皮肤；那条盘踞在棕榈树上的绿色大蟒蛇，它吃掺了蜜糖的糕点，还要二十个僧侣一起喂它；还有那些小矮人，总是坐在宽大扁平的大叶子上，在水面上漂来漂去，很容易跟蝴蝶们发生纠纷，挑起战事。

王子静静地聆听着燕子讲的每一句话，"亲爱的燕子啊，你真好，给我讲了那么多有趣的故事，但是比起世界上的那些可怜人受的苦难，这些就算不上什么稀奇啦，难道还有比苦难更加令人惊奇费解的事吗？我的朋友，你能不能飞到这座城市的上空看一看下面生活的人们，把你看到的都告诉我吧。"

于是燕子听从了王子的话，飞到城市的上空。他飞过那些漂亮高大的房子，看见有钱人正在花天酒地，饮酒作乐，而那些衣衫褴褛的乞丐却蹲坐在街头，挨饿受冻。他飞进了一个幽暗的巷子，那里聚集着一群流浪的孤儿，他们睁着大而无神的眼睛看向昏黄的街道，"肚子好饿啊。"他们叫唤着，并且彼此挤在一起，希望能够得到些许的温暖。这时一个看守员走过来，朝他们破口大骂："你们这些肮脏的东西，不要挤在这个地方！"孩子们害怕极了，他们不得不蹒跚着跑进雨中。燕子把看到的这一切都告诉了王子。

"你看我的身上都是薄薄的金叶子，你把它们一片片全部取下来吧，给那些可怜的穷人们送去，我相信得到了这些金叶子，他们的生活会变得幸福起来。"王子说。

燕子照着王子的话，将他身上的金叶子一片一片全部啄了下来，给那些受苦受难的人送去。孩子们苍白的脸上有了红红的光泽，他们快乐地在大街上追逐游戏，"我们可以去买东西吃啦，终于不用挨饿了。"他们叫喊着，脸上闪耀着幸福的神采。但是快乐王子没有了金光闪闪的外衣，变得暗淡无光了。

天气很快就变得非常寒冷，天空里开始下雪，雪花堆积得越来越厚，周围都是白茫茫的一片；又长又尖的冰柱子悬挂在屋檐下，好像一把把锋利透明的宝剑；人们都穿上了厚厚的冬衣，小孩子们戴着红色的绒帽来到雪地里玩耍起来。

燕子感到越来越寒冷，但是他却怎么也不愿意离开王子，因为他非常喜爱这位王子。当他感到饥饿难耐的时候，就趁面包店的师傅不注意偷偷捡来一些面包屑吃；当他感到冷得受不了的时候，就努力扑扇自己的翅膀，好感到一些温暖。

燕子知道自己快要死去了，现在他所有的力气只够飞到王子的肩膀上，他要去向他告别，这一次是真正的告别。"再见了，我亲爱的王子，可以允许我亲吻你的手吗？"燕子说。

"可以，但是我希望你可以亲吻我的嘴唇，因为我爱你，我多么高兴你要飞去温暖的埃及了。"王子说道。他什么都不知道，他还不明白这是怎样的告别。

"不，我去不了埃及了，我现在要去的，是一个叫死亡的地方，那里才是我永恒的家啊，难道不是吗？"说完燕子轻轻地吻了吻王子的嘴唇，跌落下来，在他脚边死去了。

就在这时，在王子的身体里面发出一声破裂的声音，是他的心，尽管是铅做的，此刻却裂成了两半。这是一个极其寒冷的冬夜，是的，多么寒冷啊。

第二天早晨，广场上来了一大群人，他们是市长和一些参议员们，当他们走过快乐王子的雕像旁边时惊讶极了，

"这个雕像简直是难看到了极点！"市长说。

"没错没错，太丑了。"其他人也同意市长的话。在很多问题上，他们的答案总是类似的。大家凑上前仔细地端详着这个不再美丽的雕像。"咳，他剑柄上的红宝石不见了，还有一对蓝宝石做的眼睛，哦，对了，还有这一身的黄金叶子一片都没有了，"市长说，"简直比一个乞丐还要寒酸！"其他人依旧认同地点头附和。

他们看到了死去的燕子躺在王子的脚边，"这里竟然还有一只死鸟！我想我应该在这个城市推行一项禁止令，不允许鸟死在这个地方，这是非常不美观的！"市长说完，他身边的秘书马上把这些都记录在了记事本上。

一位大学里的美术教授认为，既然快乐王子已经变得毫无美感，那就没有资格再站在广场上了。于是人们把他的雕像推倒送去了铸铁工厂，放进炉子里熔化。奇怪的是，铸铁匠发现不管怎么烧，那颗铅做的心都无法熔化，他们只好把它丢进了垃圾堆，正好丢在燕子的身边。

上帝看着这一切，他派出一位天使，要求把人世间最最珍贵的两样东西拿去给他，天使为他带去了燕子的尸体和一颗铅做的心。

"现在这只鸟儿可以在我的花园里尽情地歌唱飞翔了，而快乐王子在那里也将永远快乐地生活下去。"

夜莺与玫瑰

　　"只要能送给她玫瑰花，她说就愿意和我一起跳舞。"一个年轻的学生在花园里自言自语地说着，"可是我在这里都找过了，也没有看见一枝玫瑰！"

　　他说的这些话被一只圣栎树上的夜莺听到了，她此刻正安静地坐在树叶间的巢中，于是她微微探出头来，四下里寻找着。

　　"唉，我在花园里连一枝玫瑰都找不到，这真是太令人悲伤了。"年轻学生明亮的眼睛里噙满了泪水，难过地哭了起来，"难道幸福就要这样离我远去了吗？尽管我读过许多智者的书籍，头脑里装满了对这个世界的智慧，现在却要因为一枝玫瑰花而永远地失去快乐了。"

　　"这儿来了一个真正陷入爱情的人啊，"夜莺喃喃自语地说着，"虽然我以前从来都没有见过他，但我已经决定要日日夜夜为他歌唱，我还要把从他那里听来的故事全部都讲给天上的星星们听。他是个多么漂亮的人儿呀，乌黑的头发比风信子还要黑，嘴唇鲜红甚至比世界上最红的玫瑰还要红，只是爱情正在折磨着他，使他的脸色苍白憔悴，忧愁笼罩着脸庞。"

"明天晚上，王子将在皇宫里举行一场盛大的舞会，"年轻的学生又开始说起来，"教授的女儿也要去那里，如果我能把一朵美丽鲜艳的红玫瑰送给她，那么她一定会让我搂着她的腰肢，她也将红着脸把头靠在我的肩膀上，我的手心里握着那只柔软的小手，我们跳啊跳啊，从黑夜跳到白天，多么快乐。但是，如果我不能将红玫瑰送给她，她将冷酷地从我面前走过，看都不会看我一眼，这足以让我的心碎成一千片。"

夜莺聆听着学生的每一句话，她说："他是一位真正的恋人啊，我歌唱并赞美的爱情，此刻却正在折磨着他，我认为那是快乐的东西，对他而言却是那么痛苦。爱情，啊，爱情，总是蕴藏了那么多的奇妙和奥秘。它比世上最稀有的宝石还要珍贵，用金钱和珠宝都换不来，也无法在任何地方买到，商人无法贩卖爱情，更不能用他们精准的秤去称量它。"

"舞会是多么盛大热闹，身穿绸缎衣服的宫廷乐师们弹奏着美妙绝伦的音乐，我的爱人就沉浸在音符中翩翩起舞，像只蝴蝶一样轻盈地滑过光滑的大理石地面。她身上穿着华丽的服装，闪耀动人，大家把她围在中间，赞美着她的舞姿和美貌，但是这一切跟我又有什么关系呢？她不会看我一眼，因为我不能将红玫瑰送给她。"说完，学生难过地扑在草地上哭了起来。

"他为什么哭得这么伤心？"一只绿颜色的小蜥蜴摆动着尾巴从他身边爬过。

"我也不明白，他发生什么不幸的事了吗？"一朵雏菊悄悄地对旁边的邻居说。

"因为一朵玫瑰花。"夜莺告诉他们。小蜥蜴听了哈哈大笑起来："什么，因为一朵玫瑰？"他平时就挺喜欢嘲弄别人，现在听了夜莺的话，不禁笑了起来。

夜莺什么也没有说，只有她心里为学生的忧伤而忧伤，她回到栎树上的巢里，想象着爱情的美好和神秘。

忽然她张开翅膀飞了起来，飞得那么快，天空中划过了一个小小的黑影。黑影越过了树林又离开了花园，来到一片草地上，这里正长着一棵美丽的玫瑰花树，她轻轻地落在树的一根细枝上。

"请给我一朵红色的玫瑰花吧！"她说，"我将用我最美妙的歌声报答你。"

但是玫瑰花树却摇了摇头，"我拥有的是白色玫瑰，它比大海里泛起的泡沫还要白，比高山顶端的积雪还要白。虽然我没有，不过你可以去找找我的哥哥，他就生长在日晷圆盘的旁边，去碰碰运气吧。"

夜莺于是就飞去了那里，"请给我一朵红色的玫瑰花吧，"她说，"我将用我最美妙的歌声报答你。"

但是玫瑰花树却摇了摇头，"我拥有的是黄色的玫瑰，它的黄色跟坐在琥珀宝座上的人鱼公主头上的长发一样美丽，比草地上还没有被割去的黄色水仙花还要鲜艳。虽然我没有，不过你可以去找我的弟弟，他就生长在一个学生的窗户下面，去碰碰运气吧。"

夜莺于是马上飞去了那里，找到了那棵玫瑰花树，"请给我一朵美丽的红玫瑰花吧，"她说，"我将用我最美妙的歌声报答你。"可是玫瑰花树依然摇了摇头，"我的确开出的是红玫瑰花，它的红色比鸽子的鲜血还要艳丽，比在大海深处舞动的大珊瑚还要红。但现在是寒冷的冬天，风雪已经冻住了我的血管，冰霜使我的花蕾无法绽放，大风也吹弯了我的枝干，我想今年我再不能开出一朵玫瑰花来了。"

夜莺感到非常难过，"难道一朵都没有吗？我只想要一朵就够了啊！"她几乎要流眼泪了。

"噢，是有一个方法，不过……"玫瑰花树有点犹豫要不要告诉她，"我不知道应不应该把这个残忍的方法告诉你。"

"说吧，告诉我，亲爱的玫瑰花树，我一点也不害怕。"夜莺说道。

"如果你想要得到一朵红玫瑰花,"玫瑰花树说,"你就必须要在月光中对着它歌唱,同时还要用你胸口温暖的鲜血来将它染红。在唱歌的时候,你要把胸膛贴住我的一根花刺,整整一夜都不停地歌唱,这样你的鲜血才能流进我的身体里,流遍我全身的每一个地方,使一朵娇艳的红玫瑰绽放。"

夜莺吓了一跳,"用生命来换取一朵玫瑰花,这太不值得了! 生命对每一个人来说都是极其宝贵的,我爱生命,活着是多么美好! 白天我可以安静地坐在我的栎树上看着太阳坐在他的金色马车上从天空驶过;当黑夜降临的时候,可以看到月亮坐在她的银色马车上。我闻见山楂树发出清新甜美的味道,还有那些生长在隐蔽之处的风铃草和盛开在山顶上的石楠花都散发着香味。但是我要说,爱情比生命更珍贵,而我拥有的只是一颗鸟的心罢了。"说完她朝自己来的地方飞去,小小的黑影划过花园,又越过树林。这时候她看到那个年轻的学生依然躺在草丛上,大眼睛里依旧噙着泪水,顺着苍白的脸颊滑落下来。

夜莺朝他大声地喊着:"你要快乐起来! 快乐起来吧,你一定会得到你要的红玫瑰,我会把它带来给你,但是你必须答应我一件事,就是做一个真正的恋人。哲学的智慧那么高深,然而爱情却要更伟大。他的身上因为被爱情的魔力包围,散发着火红的光彩,他的嘴唇比蜂蜜还要甜蜜,他吐出的气息是馥郁的乳香。"

年轻的学生抬起挂满泪珠的脸颊，向上看去，仔细听着，但是他听不懂夜莺的语言，他的脑袋里装的智慧只能看懂那些书里的字句。

栎树的心里难过极了，因为他真心诚意地爱着这只住在他身上的鸟儿，喜爱她每天每夜动人的歌唱。"请给我再唱一首歌儿吧，如果你离开了我，我就会变得寂寞孤独了。"

夜莺开始为他歌唱，歌声悠扬婉转，清脆得就好像给银罐子里倒入泉水一样。学生也静静地聆听着，等到歌声停下来的时候，他从草地上站起了身，取出一个小本子和一支笔，开始记录，那是描述这只夜莺的。"她看起来十分美丽，"他一边对自己说一边走出树林，"只不过她终究只是歌唱而已，像大多数的艺术家，只讲求歌唱的形式，却并没有丝毫的情感，她难道会为什么人而牺牲自己吗？不过谁也无法否认，她的歌声的确具有很强的吸引力，唱出了美丽温柔的曲调。只不过这没有一点意义。"他躺在自己破旧的床上，脑海里想着心爱的姑娘，不一会儿就进入了梦乡。

当月亮升到树梢的时候，夜莺便朝那棵红玫瑰花树飞去。她将自己的胸膛用力贴住那根锋利的花刺，鲜红的血开始流出来，她开始歌唱，歌唱那伟大绝美的爱情，歌声凄美动人，连冷冰冰的月亮也忍不住低下头来，侧耳倾听着。整整一夜的时间，她没有停止过歌唱；整整一夜的时间，胸膛的鲜血一直在流淌着，几乎快要干涸了。

但是，我们看到了什么，在那棵玫瑰花树的顶端，一朵美丽娇嫩的玫瑰花蕾慢慢地抬起头，伴随着美妙的歌唱，正在一瓣一瓣地绽放。起初它是雪白的，白得如同在河上氤氲着的乳白色雾气，白得像是晨曦中第一个踏出的足履，或是黎明伸出的透明翅翼。当它完全绽开了以后是多么令人称奇啊！沉浸在明亮的月光中如同是在一面银镜中映出的花影。

这时玫瑰花树朝夜莺大声地叫喊："再刺得深些，更深些！否则到天亮的时候它还不能变成一朵完全的红玫瑰！"

于是夜莺再一次用力地将胸脯挺向花刺，而疼痛也变得更加厉害。她用更嘹亮的歌声去歌唱男男女女之间的爱情。在雪白的花瓣上，一层淡淡的红色蔓延开来，就像一位新郎亲吻新娘脸颊的时候，新娘脸上泛起的含羞的红晕。虽然花瓣已经变成了红色，但是花蕊却依旧是白色的，因为玫瑰花刺还没有刺入夜莺的心脏。于是花树再一次朝她大喊："快些吧，夜莺，快些吧，让花刺刺入你的心脏，天马上就要亮了！"

夜莺感到锥心刺骨的疼痛，所以她的歌声也更加颤抖激烈，饱含着炽烈的情感，她歌唱的是用死亡成全的爱情，即使埋入坟墓中却依旧不朽的爱情。

是的，最后她终于得到了一朵完美的红玫瑰花。花树兴奋地对夜莺说："多美啊，你快看，这是世界上最美的一朵玫瑰花了!"但是夜莺并没有回答,她流干了全部的鲜血,已经倒在花树下死去了,那根玫瑰花刺就插在她的胸口上。

中午,当学生打开窗户的时候,惊奇万分:"天啊,我的运气真是太好了,一朵美丽的红玫瑰就开在我的窗前呢!我敢说在这个世界上再也不会有一朵玫瑰花像它这么娇艳动人,它简直太美了!"说着他弯腰折下了它。

学生马上穿上外套,戴上帽子,拿着这朵玫瑰花朝教授的家里走去。"哈哈,有了这朵玫瑰花,教授的女儿就会跟我一起跳舞啦,我们将一起进入爱情的殿堂。"

教授的女儿正坐在门口,织着一架纺车上蓝色的丝线,脚边蹲着一只可爱的小狗。

学生把玫瑰花放在胸前对她说:"你曾经答应过我,只要我送你一枝红玫瑰花,你就会在舞会上跟我一起跳舞。现在我送给你全世界最美丽的一枝红玫瑰花,它戴在你的胸口正合适,跳舞的时候我会让你知道我对你的爱是多么刻骨铭心。"

但是,这位美丽的少女看了看那朵玫瑰花,皱起了眉头,"我觉得它的颜色跟我的裙子并不十分合适;而且,宫里大臣的侄子以前送了我许多昂贵的金银首饰,天底下的人都知道,比起什么玫瑰花还是金银珠宝要更有价值,更吸引人。"

学生听了她的话怒火中烧:"啊,我想说你真是绝情又肤浅的女人！"说完就把那枝玫瑰花丢在了大街上。这时正好一辆马车驶过，从玫瑰花上轧了过去，随后它掉进了街旁的一个臭水沟里。

"哼，听听你自己说的话吧，"姑娘说，"你以为你是谁，只是一个穷学生而已，难道能跟大臣的侄子相提并论吗？我敢打赌你不会拥有像他那样的华贵衣服，脚上也没有镶嵌着银饰的鞋子！"说完她就头也不回地走进屋子里去了。

学生叹着气往回走，慨叹着："爱情是多么愚蠢的东西，它一点也没有书本上那些逻辑和哲学管用！它向人们展示的都是不可能发生的事情，并使他们坚信那是真实的。唉，如今的这个时代，一切都不再浪漫，人们只看重实际有价值的东西，我还是回去好好钻研我的学问吧，去读哲学，去读那些思想上的智慧吧。"

自私的巨人

很久以前有一个巨人，他拥有一座十分美丽的花园，每天孩子们放学之后他们就一起到巨人的花园里玩耍做游戏。

你可能没有见过像这样美丽可爱的大花园，四周长满了毛茸茸的绿草，鲜艳的花朵这儿一丛那儿一丛到处都是，比夜空里的繁星还要多，简直是数不胜数。在花园的草地上长着十二棵桃树，每当春天来临的时候桃树上就开出许许多多可爱的粉红色小花，到了凉爽的秋天树上就结出沉甸甸的果实。生活在树上的鸟儿每天都唱着快乐的歌曲，正在玩耍的孩子们听见鸟儿们的歌声都忍不住停下来仔细地聆听着，他们大喊着："我们好快乐哦！"

但是有一天，巨人从外面回来了，他去他的妖怪好朋友那里做客，在那里整整待了七年，他们两个花了七年的时间才把要讲的话讲完，他现在终于回家了。当他刚踏进家门的时候，就看到了那些在花园里嬉戏的孩子们。他生起气来，大叫着："你们在我家里干什么呢！"他愤怒地把孩子们都赶出去了，并说："这是我的花园，是我的私人财产，我不许别人随随便便到这里来玩！"于是他特地做了一块牌子，竖在花园的外面，上面用大大的字写着："闲人不得进入，后果自负！"

他真是一个自私的巨人啊！

从那以后，孩子们放学以后再也没有地方可以去了，他们只能在大街上玩。可是大街上总是有很多车辆和扬起的灰尘，这使他们觉得非常无聊和扫兴。他们只能徘徊在巨人花园高高的围墙下面，谈论着里面美丽的景色，那些花儿和桃树，鸟儿动人的歌唱。他们说："我们以前在里面玩耍要是多么快乐啊！"

很快春天再一次来临了，所有的地方都散发着春天的气息，村庄里的鲜花都盛开了，鸟儿们到处唱着欢快的歌曲。唯独自私的巨人花园里什么都没有发生，依旧是一派寒冬的萧条景象。小鸟们都不愿意歌唱，花儿也不愿意开放，因为他们看不到孩子们快乐地玩耍心里很难过。就算有一朵小小的花儿从岩石的后面探出头来准备绽放的时候，看见了竖在那里的那块残酷的警示牌，也十分可怜孩子们的遭遇，于是缩了回去，宁愿睡觉也不想开出花朵来。而风霜和雪花在这里肆意地游走，不亦乐乎。"哈哈，春天已经遗忘了这座花园，今年春天我们不用再到别的地方去了，可以一年四季都住在这里啦！"他们得意地大喊大叫着。雪用华贵的貂皮大衣裹住身体徜徉在花园里，将草地盖上厚厚的一层白绒毯，霜也将屋顶、树枝都裹上一层亮晶晶的外衣。但是他们依旧不满足，还把脾气很大的北风请过来跟他们一起住。北风很快就来了，他看了一眼花园里的一切，先是呼呼地吐出大口大口彻骨的寒风，他不停地吹，"呼——呼——"整整吹了一天，吹掉了瓦片也吹掉了烟囱的帽子。"在这里我实在感到太快乐了！"吹了一天之后，北风说，"这里还是不够热闹，让我们去把冰雹也请来吧。"等到冰雹来了，花园更是遭了殃，小冰块不断地敲打着屋顶，把天花板都砸了个洞，还有那些娇弱的小树和花儿更是承受不了这样沉重的磨难，哦，这里实在太冷太糟了。

巨人疑惑地坐在窗子前面，看着花园里的景象，喃喃自语道："这到底是怎么一回事，为什么今年的春天到现在还不来？"他满心里盼望着春天能够快点儿到来，因为他已经对寒冷和冰天雪地的景象厌倦透了。

但是，春天始终都没有来临，跟着夏天也不见踪影，当秋天的时候其他地方都结出了丰硕的果实，家家户户喜气洋洋的时候，巨人的花园仍然什么变化都没有。冬天，是的，这里只有冬天。这里不会再有别的任何什么了，除了霜、雪、冰雹和呼啸的北风。

有一天清晨，巨人正躺在床上睡觉，突然他睁大双眼望着天花板，耳朵里传来了一阵悦耳动听的鸟叫声。啊，多么使人愉快啊，他已经好久好久没有听到过这样的曲调了，一瞬间，他还以为是皇宫里的乐师在他的花园里演奏呢。他打开窗户伸出头去四处寻找，原来是一只小小的红雀啊，它看起来那么富有朝气和活力。而这时候，北风和冰雹也停止了肆虐，花的芳香在花园里弥漫开来，飘进巨人的窗户，"啊，春天终于来到了！"巨人开心地叫起来，观赏着外面的景色。

出现在他视线里的是什么呢？

他看到的是一幅活泼生动的画面：那些孩子们从高墙上的小洞钻了进来，已经来到花园里啦！他们坐在桃树枝上，每棵树上都坐着一个小小的孩子。桃树看到孩子们来了，别提多高兴了，他们激动地摇来摆去，为孩子们开出美丽芬芳的花朵，还轻轻抚摸着孩子们的脑袋。鸟儿们也开心地放声高歌，美妙的歌声形成和谐的交响曲。这幅景象任谁看了都会被深深地感动。春天一下子填满了这座花园，除了有一个小角落——在花园的最那头，有个小小的男孩子，他正站在一棵树下伤心地哭泣。因为他的个头实在是太小了，爬不到树上去，他只能无助地围着树绕来绕去，不知道该怎么办。而那棵树浑身被冰雪紧紧地包裹着，北风凶狠地朝它吹气，它发着抖，眼神忧伤地看着小男孩。它尽可能向他伸出长长的枝条，希望他可以抓住爬上来，但是男孩子还是太瘦小了，根本没办法做到。这样的举动深深地震撼了巨人的心，他大叫着："啊，我以前真的是太自私了！如今我终于明白为什么春天不愿意来我的花园了。我要去帮助那个可怜的小男孩，把他抱到树上去，我还要把这些高高的围墙全部拆掉，让这座花园真正属于孩子们。"他红着脸，想起以前做的错事，羞愧万分。

巨人从楼上下来，小心地打开了大门，他走进花园里。孩子们一看到巨人出来了，全部都吓得逃到外面去了，于是这座花园又再一次陷入寒冷的冬季。只有那个小小的男孩没有逃走，这是因为他没有看到巨人过来，他的视线被泪水模糊了。巨人轻轻地来到他的后面，用双手温柔地把他托起，放在了那棵树的树枝上。男孩一接触到树干，成千上万的白色花朵纷纷绽放，鸟儿重新唱起快乐的曲调，小男孩露出了笑容，张开双臂拥抱巨人并亲吻他。其他的孩子看到巨人已经完全改变了态度，再也不像以前那么霸道自私，也都很快跑了进来，春天终于真正地来到了巨人的花园。"亲爱的孩子们，我宣布，从现在开始，这是你们的花园了。"巨人大声地说，说完他拿来了一把大斧子，把周围高高的围墙通通砍倒了。

等到中午，街道上的人们越来越多的时候，他们看到巨人花园的高墙已经不见了，而巨人正和孩子们玩得不亦乐乎，花园里传来一阵阵欢声笑语。他们玩了整整一天，直到夜色降临孩子们才和巨人依依不舍地道别。

巨人发现那个小男孩不见了，就是拥抱他、亲吻过他的那个，"请告诉我，你们的小伙伴，那个哭泣的小男孩到哪里去了?"巨人非常喜欢那个男孩。

"也许他早已经回家去了吧，"孩子们答道，"我们好像不太认识他。"

就这样，以后的每一个下午，孩子们从学校里放学之后，就过来找巨人玩，只是那个瘦小的男孩子再也没有出现过。巨人变得非常善良，他对每一个孩子都十分友好，所以他对那个小男孩的思念越来越强烈，"唉，要是能再见一见他就好了，我是多么想他啊。"巨人经常这样说。

时间又过去了很久，巨人已经变得年老，他的身体变得没有以前健康，再也没有力气跟孩子们一起玩耍嬉戏了。他只能一个人默默地坐在一把大大的扶手椅上，看着孩子们在阳光里做游戏，看着美丽的花园，脸上挂着慈祥的微笑。"我的花园好美啊，这里有这么多娇艳动人的花儿，但是在我的眼里，孩子们才是最珍贵芬芳的花朵。"

冬天又一次来临了，巨人起床穿上衣服，打开窗户朝花园里望去，冬天已经不再让他感到厌烦，他已经知道冬天也是必经的阶段，这样春天才能有时间稍作休息，喘口气儿。

这时，他忽然看见眼前的冬景一下子变换了，花园的景色变得尤其美妙，就在花园角落里的那棵树上，开满了惹人喜爱的白色花朵，整棵树都发出金色的光芒，上面还缀满了银色的果实，而有一个小小的身影站在树下，就是巨人曾经非常喜爱的那个小男孩啊。

巨人难以掩饰内心的激动和喜悦，快步下楼，打开门朝花园走去，来到那个小男孩的跟前。当看到小男孩的时候，巨人感到怒不可遏，因为他的身上伤痕累累，双手和双脚都留下被钉子钉穿的伤痕。

"告诉我，是谁，把你变成了现在的样子！我要去拿我的宝剑把他杀死！"

"请不要这样做！"小男孩说，"这都是源自于爱。"

"你是什么人？"巨人感到眼前的这个小男孩并不是一个平凡的男孩，心中不由得升起一股敬畏之情。不过他马上就知道了，立刻跪倒在他的面前。

小男孩微笑地看着他，说："我很感激你曾经让我在你的花园里玩耍，今天轮到我带你去我的花园了，那里是永恒的天国。"

那天下午放学后，当孩子们来到巨人的花园时，看见了那棵开满白花的树，巨人安静地躺在树下，身上盖满了像雪一样白的鲜花。

忠实的朋友

有一天清晨，一只河鼠从自己的洞穴里探出脑袋来。不管怎么说，他算得上是一只英俊的河鼠了，他有一双又圆又亮的小眼睛，还有硬硬的挺阔的灰色胡须；你一定要看看他的尾巴，简直太帅气了，多么长啊，就像一条长长的黑色橡胶做成的，闪着油亮的光泽。河里有一群小鸭子正在游水，远远看去，黄绒绒的一片，好像一群金丝雀。领着他们的是一位全身上下长着纯白色羽毛的母鸭子，也就是他们的母亲，她迈着两条红色的腿正在向她的孩子们演示如何将头伸进水里，摆出倒立的姿势，这学起来可不是那么容易的。"你们必须要好好看着我的动作，我的小家伙们，要是学不会这个技能，进入上流社会可是门儿都没有的。"这是她经常说给他们听的话，而且总是十分卖力地尽量把姿势做得非常标准。但是小鸭子们还非常年幼，他们丝毫不懂得母鸭子的话，也不知道上流社会到底有多好。

"瞧瞧这些顽皮的小鬼们，"老河鼠大声地朝那边说道，"我看他们真得淹死在这水里呢！"

但是母鸭子并没有因此生气，她依旧和气地说："话也不能那样讲，河鼠先生，世界上好多的本领一开始做起来总不那么顺手，所以我们作为父母，就要给予更多的耐心和信任。"

"嗯，不过作为父母的那种心情我不太明白，"河鼠说道，"我是孤家寡人一个，别看我年纪这么大了，但我还没有结过婚呢，而且我早已下定决心，以后也绝对不会结婚。爱情的确是令人着迷的东西，但是对我而言友情却更加珍贵，在我看来，这世上没有什么东西会比友情具有更高的价值和占有更高的地位。"

一只披着绿色羽毛的红雀站在旁边的一棵柳树上，一直在留心听着他们的对话，于是她开口问道："既然你这么说，我倒想问问你，在你看来，作为一个忠实的朋友，他需要承担怎样的责任呢？"

鸭妈妈也说："是的，我也想听听看。"说着她朝着小河的另一边游去，头朝下做出标准的倒立姿势，给小鸭子们做出一个榜样来。

"咳，这个问题真是蠢到家了，我敢打包票，我忠实的朋友对我肯定是绝对忠实的。"

"既然是这样，那你又拿什么来回报给他呢?"红雀又问。她从低处跳上了一根高高的枝头，同时用力地扑扇着翅膀。

河鼠听了她的话有些迷惑不解，"我不太明白你的意思。"他问道。

"好吧，那你听我来给你讲一个故事吧，关于友情和忠实。"红雀说道。

"这个故事跟我有关吗?"河鼠又问，"我很愿意听，因为我是多么喜欢听故事啊。"

于是红雀从枝头飞下来，用两只细细的腿踩在河滩上，"我想这个故事对你非常合适。"接着她开始讲起那个故事，名字叫《忠实的朋友》。

"故事发生在很久很久之前，在小村子里住着一个叫汉斯的年轻小伙子。"

"那他是个优秀的人吗?"河鼠忍不住问道。

"不，我想他并不是那么聪明优秀，"红雀回答道，"只不过是有一副顶好的心肠，长着一张圆圆的滑稽的脸。他自己一个人住在一个小小的房子里，生活并不富裕，每天在心爱的花园里干活，在那个村庄你不会看到有第二户人家的花园里有那么多美丽可爱的鲜花。有白色、紫色、金色的紫罗兰;有各种颜色的玫瑰花，金黄色、粉色、红色数都数不过来;除此之外还有美国石竹花、法国松雪草等等。不管季节怎么变换，这儿总有各种各样的花儿在盛开，那些牛膝草、莲香花、野兰香、鸢尾草、水仙、丁香争奇斗艳，总之，花儿们总是还等不及这一种凋谢，另一种就迫不及待地吐出鲜嫩的花蕊。人们在这里怎么看都看不够，怎么闻都闻不厌这里的芬芳。"

小汉斯虽然有许多朋友，但是对他来说最忠实的是叫大修的磨坊主。这个磨坊主是非常有钱的，而且对小汉斯也是最忠实的。只要他从小汉斯的花园走过，总要弯下腰去从栅栏那儿摘下一大束鲜花，要么就直接拿走一大把香草。如果到了秋季树上结出了丰硕的果实，那么他的口袋便总是装着满满的红樱桃或者李子。

磨坊主很会说一些美妙的语言，他对小汉斯说："真正的朋友之间从来不会自私，而是应该把自己的东西与对方分享。"小汉斯总是觉得自己的这位忠实的朋友拥有高尚的情操和崇高的智慧，每次他都是赞同地微笑着点点头，打从心底里感到骄傲。

虽然对小汉斯来说，磨坊主是位绝对忠实的朋友，他从小汉斯的花园里拿走了那么多东西，令人费解的是，磨坊主却从来没有给过小汉斯一丁点儿东西。要知道他可是那儿数一数二的有钱人，他的磨坊富得流油，里面有一百袋雪白的面粉，他还有六头奶牛以及一大群的绵羊。但是小汉斯却没有在他的那些财产上动过一点脑筋，因为光是听磨坊主讲的那些令人心醉的关于友情的甜蜜无私的故事就已经令他非常满足了，难道还会觊觎磨坊主的任何东西吗？

小汉斯就这样每天开开心心地在自己的花园里忙活着，在春天、夏天、秋天的时候一切都是那么美好，只是到了冬天，他的日子就变得艰难起来。因为冬天太寒冷了，这时候没有任何水果，也开不出美丽的鲜花，这样小汉斯就没办法把它们拿到集市上去卖钱买吃的了。一整个冬天他都必须忍饥挨饿，没有一点儿东西吃，每天晚上只是吃一点核桃或者干梨就爬上床睡觉了。而一到这个时候，也是小汉斯最最孤单寂寞的时候，磨坊主再也不会来看望他，和他说那些美妙的话了。

磨坊主是这样对他的老婆讲的："只要冬天没有过去，雪还在下着，我就一步也不会踏进小汉斯的花园。就像你所知道的，在一个人处境艰难的时候是不应该去轻易打扰他的，应该给他一些空间自己好好独处，这就是我对友谊的观点，而且我一直坚信不疑它的正确性。不过只要天气稍微暖和一点，等春天来临的时候，我就会去看望他啦，他一定会非常愉快地送一大篮子樱草给我，这对他来说是件再好不过的事了。"

他的老婆听了这一番话，觉得十分有道理。"你总是那么聪明，而且为朋友想得那么周到，"一边说着，她一边舒服地躺进一个柔软的皮沙发，旁边的火炉里正在燃烧着熊熊的火焰，真是暖和极了，"亲爱的，我认为你的智慧和口才远远超过牧师，别看他住得那么豪华，手指上还戴着金戒指呢。"

在这个家里还有一个小孩子，他是磨坊主的小儿子，他是个善良的小男孩。"不过亲爱的爸爸，我想我们应该把汉斯请到我们的家里来做客，如果他真的遇到了什么困难的事情，我们应该帮帮他，我愿意把自己的一半食物分给他吃，而且还要把我心爱的小兔子给他抱抱。"

磨坊主听了他的话很生气："我的儿子，我真不知道送你去念那么多书你学到了什么实际有用的东西，你真是个愚蠢的孩子！难道你就没有考虑过让小汉斯来我们这里，让他也来烤烤我们温暖的炉火，吃一桌子丰盛的美味佳肴或者喝大桶鲜美的葡萄酒他会产生什么样的想法？是嫉妒。而嫉妒是非常恶劣的品格，它会侵蚀人的心灵，使它变得肮脏不堪。小汉斯是我最好的朋友，我不能眼睁睁地看着他被嫉妒心完全毁掉，我要时时刻刻保护他、照顾他，并且防止他受到迷惑和伤害。再说了，如果小汉斯来到我们家，看到他那么穷困潦倒，我可能会借给他一些面粉之类的东西，但是你得知道，友谊和面粉可是两回事，绝对不能混在一起，这是顶顶要紧的，我想你也应该牢牢地记在心里。"

磨坊主的话刚讲完，他的老婆就忍不住称赞这是一番非常有水平和智慧的演讲："太棒了亲爱的，你总是掌握着最正确的真理！我感觉自己像是在布道院听布道呢！"她说着给自己的杯子里倒了满满一杯淡啤酒。

　　磨坊主洋洋得意起来，继续说道："的确，这个世界上总是有那么些人，他们能把很多事情做得非常好，但是在演讲方面却是欠缺的，讲话讲得呱呱叫的实在没多少人。"他将眼光扫向坐在桌子另一边的小儿子，小男孩被那目光看得感到十分羞愧，他红着脸，低下了头，但是泪水却忍不住滑落下来，滴进了水杯里。毕竟他还是那么小的一个孩子，大人应该对小孩子表现得更宽容一些。

　　"这个故事到这里就结束了吗？"河鼠问道。

　　"怎么可能，这才只是开了一个头而已。"红雀回答道。

　　"那你可是有点老土呢，现在不流行那样的讲故事方式呢，"河鼠说，"现在那些专门讲故事的专家都是先从结尾开始讲，接着讲开头，最后才是中间。我这样说并不是我自己这么觉得，而是偶然间听到一位评论家和一个年轻人在河边散步的时候讲起来的。我坚信那个评论家说的是正确的，他说话的姿态慷慨激昂，鼻子上架着一副蓝色的眼镜，头发也快掉光了，每次年轻人说了点什么的时候，他回答的永远是'呸！'不过还是请你不要太在意我说的这些，对于你刚刚讲的那个故事我还是很想继续听下去的，我觉得我跟这个磨坊主有点儿惺惺相惜，我本身也拥有着和他一样美丽的情感呢，所以总是很能懂得他的心。"

　　"好吧，那就继续吧。"红雀在岸边跳了几下，开始接着前面讲下去。

冬天终于过去了，樱草花闻到春天的气息，开始吐出淡黄色的花蕊的时候，磨坊主就对他的老婆说："我现在要下山去看看我最好的朋友小汉斯了。"他的老婆笑着说："啊，亲爱的，你的心肠怎么会这么好！总是想别人的事情多过你自己，不过别忘记带上大篮子好装下那些花。"

于是磨坊主把自己的磨坊打理好后，在胳膊上挎了一个大大的篮子就出发了。

"你好啊，小汉斯，今天天气真不错。"磨坊主对小汉斯说。

"你好啊，今天真是个适合打理花园的好天气呢。"小汉斯停下手里的锄头，微笑着回答道。

"亲爱的小汉斯，这个冬天你过得好吗？"磨坊主又问道。

"啊，你真好啊，我的朋友，总是记得关心我，说实话这个冬天我的确过得挺辛苦的，不过现在一切都过去了，我的花园又开始长出可爱的鲜花了，我感到好快乐啊。"

"今年冬天我常常跟我的家人提到你呢，不知道你过得怎么样，很为你感到担心。"磨坊主说。

"你们都太好了，"小汉斯说，"你一直都没来看我，我还以为你已经把我给忘记了。"

"噢，汉斯，你的话简直叫我惊讶得说不出话来，"磨坊主说，"对我而言，友谊永远不会被拿来遗忘，这就是友谊崇高的地方，但是我想你现在还不懂得生活里的诗意。天哪，看看这些樱草花，它们长得多好啊。"

"是啊，"汉斯忍不住脸上的笑意，"我也没有想到今年春天它们会长得这么好，这样一来，我就能把它们拿到集市上去卖了，市长的女儿如果买走了它们我就有钱去把我的小推车买回来了。"

"什么，你是说你把你的小推车给卖掉了？你瞧瞧你干了多么傻的一件事啊！"

"是的，我想你也许不知道，今年冬天对我来说的确是个很难渡过的难关，我连买面包的钱都没有，所以我不得不把我星期日制服上面的银纽扣卖掉了，接着我又不得不卖掉我的银链子，还有我最喜欢的大烟斗，到了最后连小推车也卖掉了。不过，现在好了，我卖到了钱就可以把它们都买回来了。"

"亲爱的汉斯，"磨坊主说，"你不用去买回你的小推车啦，因为我愿意把我的小推车送给你，尽管它目前还没有修好，甚至有一边已经不见了，轮子也有点小毛病，不过现在它是你的了，我要把它送给你。我这个人嘛，就是那么的慷慨大方，我相信要是别人知道我要把小推车送人一定会认为我很愚蠢，但我就是要这么做，做人就是要与众不同才好。而且在我看来慷慨无私就是友谊的核心。你不用太担心，我现在已经有了一辆新的小推车，所以我要送给你的那辆你就尽管拿去吧。"

"啊，是真的吗？你真是太好了，我的朋友，"小汉斯高兴极了，滑稽的圆脸上挂满了笑容，"哈哈，太好了，我正好有一块木板，我可以很轻松地就把它修好。"

"你是说你有一块木板？太棒了，我的谷仓上面正好破了个大洞，正需要一块木板来修补，如果不及时把它修好的话，下雨的时候雨水就会从那个大洞里溜进去，我的麦子就全完啦！还好你提醒了我这件事情。你看，如果做了一件好事情总是会让另外一件好事情也一起发生，真是令人惊讶。就像你所知道的，跟一块木板比起来小推车的价值要高很多，但是在友谊里面这些都不能太过计较。那你尽快把那块木板给我拿来吧，我想明天就开始修补我的谷仓。"

"那当然好啊！"于是小汉斯马上回到屋子里把那块木板给搬了出来。

磨坊主看了一眼木板说："嗯，这块木板没有我想象的那么大，要知道我的谷仓破了一个大洞，我想这块木板修补完我的谷仓应该就没有什么剩下的给你再修补小推车了，不过这本来也跟我没什么关系了，因为我的小推车已经送给你了。那么现在你帮我去摘些花吧，我可是把我的小推车送给你了，记得要把篮子装得满满的。"

小汉斯看着这个大篮子心里有点犯难，"真的要全部装满吗？"他的神情有些忧伤。这个篮子真的有点太大了，如果真要把它全都装满的话，所有的花就都要放进去了，那小汉斯还怎么把它们带去集市上卖钱呀？而且他真的好想把他的银纽扣给赎回来啊。

磨坊主看到小汉斯有点犹豫，说道："我想既然我已经把我的小推车送给你了，那么问你要一点儿花应该不要紧，不过也许是我自己想错了，在友谊里面本来就不应该夹杂一丁点的私心。"

"啊，我的好朋友呀，亲爱的大修！"小汉斯大叫起来，"我不是那个意思，我没有一点不愿意的，就算你把我这满院子的鲜花全都摘了去，我都心甘情愿，只要你依旧跟我说那些关于友情的美妙的话语。至于我的银纽扣嘛，什么时候都能去赎回来的。"说完他就赶紧跑进花园里去摘那些可爱的樱草花，没多久的工夫就把磨坊主的大篮子全部装满了。

磨坊主提着满满一篮子的樱草花感到十分满意，"那么再见了汉斯，我的朋友！"当然他的另一只手里还不忘拖着那块大大的木板，有些艰难地朝山上走去，回到他的磨坊。

"再见吧，我的好朋友！"小汉斯也感到十分满意。他为自己所做的事情感到快乐，等到磨坊主一走，他又开始开开心心地在他的花园里忙活起来，尤其是当他想到那辆小推车的时候，心里就像绽放了一朵鲜花。

到了第二天，当小汉斯正在屋子前面给他的房门钉上忍冬的时候，他听到有人在花园外面的路上喊他，小汉斯赶紧朝那里看去，原来是磨坊主。他的肩膀上还扛着一大袋子面粉，于是他赶紧从梯子上下来，跑到花园外面去。

"啊呀，亲爱的小汉斯啊，"磨坊主对他说，"你能不能帮我一个忙，帮我把这袋子面粉扛到集市上去卖呀？"

汉斯说："今天恐怕不行，我有很多事情要做，实在是没有空啊，我得把我的花藤都给钉好，还要给所有的花儿浇水，草坪也得全部修剪平整。"

"噢，是这样啊，"磨坊主说，"但是你要知道我都把我的小推车送给你了，而你连这点小小的忙都不肯帮我，实在是太令我伤心了，简直称不上是朋友。"

"请你不要这么认为，"小汉斯听了他的话连忙说，"对待朋友我怎么样都愿意的！"于是他飞快地跑进屋子里取来他的帽子，把磨坊主的面粉扛到自己的肩膀上，步履蹒跚地向集市的方向走去。

从汉斯的家到集市的路途非常远，那天天气又十分炎热，路上到处是扬起的尘土，可怜的小汉斯才走了几里路就已经累得气喘吁吁的，但是友情的力量总是不断地鼓舞着他，使他充满力量，最后他总算是到了集市。没过多久，他就把那袋面粉给卖掉了，而且卖得了一个不错的价钱。小汉斯一会儿都不敢在集市上多逗留，他怕万一回去的时间晚了，有可能会在半路上遇见强盗。

到了晚上，小汉斯劳累地躺在自己的小床上，愉快地对自己说："还好今天没有拒绝好朋友的请求，虽然真是有点太辛苦了，但谁叫他是我最好的朋友呢？而且他马上就要把他的小推车给我啦。"

第二天大清早，磨坊主就从山上下来，去找小汉斯要他的面粉钱。但是小汉斯因为昨天扛着面粉走了很多的路，实在太累了，所以他这会儿工夫还躺在床上睡觉呢。

于是磨坊主就对着他大声说道："汉斯，我不得不说，你实在不是个勤快的人，要知道我就要把我的小推车给你了，可是你竟然这么懒惰，太阳都晒屁股了还在床上赖着。懒惰可是非常坏的品质，我绝对不能容忍我的朋友是个懒汉。你一定要原谅我说了这么多不好听的话，要知道只有真正的好朋友之间才会讲出这么些不讨喜的话。我尽可以说很多漂亮的话讨你的开心，但是那样一来我们的友谊就不会这么深入了，正因为我关心你、爱着你，我亲爱的朋友，我才这么做的。一位真正的朋友他一直都是这么做的，毫不犹豫，因为他自己知道他做的事情是完完全全为了自己的朋友好。"

小汉斯从睡梦中醒来，揉着酸痛的眼睛，心里很不好受："对不起我的朋友，我没想要做个懒惰的人，昨天我实在是太累了，所以今天才想多躺一会儿，休息一会儿，听听鸟儿悦耳的叫声。我告诉过你们，每次只要能够听见鸟儿快乐的歌声，我干起活来也会特别有力气。"

"很好，你这么说我感到很高兴，"磨坊主将手重重地拍在小汉斯的肩膀上，"我并没有指责你的意思，我只想让你赶快从床上爬起来，穿上衣服到我的谷仓去修补屋顶。"

但是可怜的小汉斯今天非常想留在家里，照看他的花园，因为他的花园已经有两天没有打理过了，花儿们需要浇点水，然而要拒绝磨坊主的要求这对他来说太难了，因为这是他最好的朋友啊。

他有点不好意思地说："如果我对你说今天我想留在家整理我的花园，会不会太不够意思了?"

"嗯，真是的，"磨坊主回答说，"再说我已经把我的小推车给你了，而且我认为我并没有向你提出过分的要求，如果你一定要拒绝的话，那我只能回去自己修补我的屋顶了。"

"不行不行，你怎么可以自己干呢? 我马上就去!"小汉斯急着从床上跳下来，赶忙跑到磨坊主家去修补谷仓。

小汉斯从早上一直干到了太阳下山，到了傍晚的时候，磨坊主才过来看他并且大声地问："小汉斯，我最好的朋友，你把我的谷仓上的大洞修补好了吗?"

"已经都修好啦!"小汉斯一边擦着满头的大汗，一边从高高的梯子上爬下来，今天又是累得够呛。

"这个世界上没有什么事情比帮自己的好朋友干活更快乐的了，对不对?"磨坊主感到很满意。

"我真是好喜欢听你说话啊，"小汉斯从梯子下到地上，累得气喘吁吁的，"能听你说那么多充满智慧又美妙的话，真是我的幸运，我想我这辈子都不会像你那样说出这么多好听的话来。"

"我认为你对自己的评价很中肯，不过现在你还是回家去吧，好好睡上一觉，因为明天我还要让你帮我把羊群赶到山上去呢。"

小汉斯对这件事依然没有提出任何异议，而是像前两次那样乖乖地顺从了。第二天一大早他就把羊群往山上赶，他又花了整整一天的时间，走了一个来回，傍晚把羊群赶到磨坊主的家里去。当他回到自己家里的时候，感到又累又困，刚在椅子上坐下来就睡着了，一觉睡到了大天亮。

"啊，今天终于可以一整天都待在我的花园里了。"但是他总是想得太好，事情一点儿都没有他想象得那么美好，因为他最好的朋友总是有事没事就跑到这里来让他去干这干那，可怜的小汉斯根本就没有时间好好照顾自己的花草。有的时候，小汉斯也会觉得困扰，他多么爱他的那些花草啊，他一直没有空跟它们在一起，真害怕它们已经把他给忘了。不过这个时候他又安慰自己，磨坊主是他最好的朋友，给朋友帮忙不应该计较那么多，而且磨坊主已经要把小推车送给他了，多么慷慨大方的一个人啊。

就这样，小汉斯一直不断地给磨坊主干活，而磨坊主呢，就说好些动听的话语给小汉斯听。每天晚上，当小汉斯为他干了一天的活回到家里之后，他就打开笔记本把今天磨坊主讲的美妙的话都记下来，经常拿出来读，要知道他同时也非常喜欢阅读。

有一天夜里，外面刮着很大的暴风雪，北风像野兽一样咆哮着，小汉斯正在家里的火炉边上舒服地烤火，突然之间，响起了很大很急的敲门声。小汉斯吓了一跳，一开始还以为是风吹动木门的声音，但是很快又传来了第二声、第三声"砰砰砰"的声音，他赶紧跑过去开门。

门口站着的不是别人，而是他最好的朋友磨坊主。他一只手里提着一个明亮的马灯，另一只手里拿着一根粗粗的拐杖。"哎呀，亲爱的小汉斯啊，大事不好了，我的小儿子从很高的梯子上摔了下来，跌得很严重，我得马上去把医生请来。但是你也看到了，今天的天气实在太糟了，而且医生的家离我家又那么远，我想来想去只有来找你，你去帮我把医生请来是最合适不过的了。要知道我已经把我的小推车给你了，所以你帮我个忙把医生请来，我觉得是你理应对我的报答。"

小汉斯马上就答应了下来："那是自然的咯，我很高兴你能来找我帮这个忙，我现在马上动身去医生的家。只不过今天天气太恶劣，而且外面黑得伸手不见五指，你能不能把你的马灯给我照照路？我害怕自己会在黑暗中掉进水沟里去。"

"那可不行，我想我不能把它给你，这是我刚买的马灯，万一你掉了或者把它弄坏了，那我的损失可就惨重了。"磨坊主拒绝把马灯给小汉斯。

"没有马灯也不要紧，这点困难算不了什么。"小汉斯说着，马上回到屋里取来皮大衣，戴上红色的绒帽，还把一条暖和的大围巾围在脖子上，出发了。

那天的天气是想象不到的恶劣，暴风雪击打着小汉斯的脸和身体，而且没有马灯的照亮小汉斯什么都看不见，只能摸着黑往前走，但是小汉斯非常勇敢，他克服了重重困难，在黑暗里走了整整三个小时，终于来到了医生的家门口。

他"咚咚"地敲响医生家的大门。

"大晚上的是谁在敲门呀？"医生问。

"我是小汉斯啊医生！"小汉斯回答。

"你找我有什么事情吗？"

"是磨坊主家的儿子从很高的梯子上摔下来，伤得很严重，磨坊主请你现在就过去。"

"我知道了，马上就去！"医生立刻从床上爬起来，穿好保暖的衣服，吩咐人准备马和马灯，骑上马就朝磨坊主家飞奔而去，只留下小汉斯一个人跌跌撞撞地跟在后面跑。

天气变得越来越坏，暴雨也越下越大，简直就像发大水了一样，小汉斯一点路都看不见，也追不上医生的马，最后他在一块沼泽地里迷了路。这里非常危险，到处都有坑坑洼洼的泥洞，小汉斯就陷在那里给淹死了。直到第二天有几个赶羊的人从那里经过才发现了小汉斯的尸体。于是这几个好心的牧羊人把小汉斯的尸体抬回了他的小房子。作为小汉斯最好的朋友，磨坊主做了哀悼会的主持人，他穿着一身黑袍子走在送殡队伍的最前面，还每隔一会儿就用他的手绢抹抹眼睛。

铁匠说："失去了小汉斯这个好邻居，这对我们来说真是个大损失啊。"说话的这工夫，葬礼已经结束了，他们一群人正舒舒服服地坐在一间小酒馆里吃着香甜的点心，喝着放香料的酒。

"是啊，尤其是对我，"磨坊主说，"要知道我马上就要把我的小推车给他了。现在我都不知道该怎么处理它，放在我的家里有点碍手碍脚的，拿去卖也不行，因为它实在破得不成样子，根本没人会想要它。唉，以后我还是要长个心眼，不要随随便便答应把东西送人了，你看，现在成了这个样子。"

"接下来呢？"河鼠问道，"故事的结局是怎样的？"

"故事已经讲完了呀。"红雀答道。

"你还没有交代，那个磨坊主后来发生的事情呢。"

"没错，但是我的故事讲到这里就结束了，磨坊主后来发生什么事情我一点也没有兴趣知道。"

"这么看来，你这个人一点同情心都没有。"河鼠有点不高兴。

“我看你一点都没有弄明白这个故事里想要教导我们的东西。”红雀说。

　　“什么？教导？”河鼠生气地说，“你的故事里还有教义呢，讲之前怎么不告诉我？”

　　“那是当然，每个人听完都会知道它想要教导我们的是什么。”

　　“哼，要是我事先知道的话，就不会浪费时间来听你讲了。我想我应该学学那个评论家对你说‘呸！’没错，我现在就要说‘呸！’”说完他摇了一下尾巴，头也不回地钻进洞里去了。

神奇的火箭

　　现在整个国家都在举行这盛大的庆典，为了庆祝国王的儿子结婚。王子的新娘是一位美丽的俄国公主，他已经等了她整整一年的时间，这下她终于要来了。是的，她来了，坐着一辆金色的、由六只驯鹿拉的雪橇，一路从芬兰来到这里，那辆雪橇跟她的身份和美貌十分相配，看上去像一只金色的天鹅。公主就坐在它的两只张开的金色翅膀中间，身上披着一件垂到地上的貂皮长袍，头上戴着一顶小巧的银色丝线织成的帽子；你该看看她雪白的肌肤，就像她从小就生活的白雪宫殿的颜色。所以当她乘坐的雪橇驶过街道的时候，人们惊呼："啊，她白得就像一朵纯洁无瑕的白玫瑰花！"人们都忍不住把手里的鲜花抛向她。

　　王子站在皇宫的门口耐心等待着他的新娘，他长得那么英俊漂亮，拥有一双充满了梦幻色彩的紫色的眼睛，还有一头金黄色的卷发。公主一到达这里，他就单膝跪在她的面前，亲吻了她的手。

"当我看到你的照片的时候，就被你的美貌深深吸引了，"王子说，"但是现在我看到了你，发现你比照片好看一百倍。"公主的脸一下子泛起了红晕。

王子身边一位年轻的侍卫悄悄对旁边的人说："本来她是一朵雪白的白玫瑰花，可此时却像一朵最娇艳的红玫瑰了。"皇宫里所有的人都沉浸在欢乐的氛围中。

在这天过后的三天时间里，宫里的人们讨论最多的，不是红玫瑰就是白玫瑰，红玫瑰、白玫瑰，红玫瑰、白玫瑰……这都是拜那位年轻的侍卫所赐，国王因此而奖赏了他，这事还被刊登在报纸上，这是一种至高无上的荣耀。

三天过去了，婚礼如期举行，这场婚礼空前地盛大豪华，这两个漂亮的人儿亲密地手牵着手走在一顶绣着小圆珍珠的紫色的天鹅绒华盖下面。仪式结束之后，人们在宴会上享受着美味丰盛的食物，一直持续了好几个小时，而王子和公主就坐在宴席的最前面，他们用一只透明的水晶酒杯饮酒。这只杯子有一个神奇的魔力，只有那些真正相爱的恋人才能用它来饮酒，如果有任何的虚情假意，当他的嘴唇接触到杯子的那瞬间，杯子就会马上失去光彩。

那个年轻的侍卫又说："是的，他们是真心相爱的，你看杯子依然是透明清澈的，闪烁着水晶的光芒。"这句话一说出来，又被大家拿来赞美，国王又一次奖赏了他，多么幸运的侍卫。

宴会结束之后是舞会，这一对新人互相握着手，在舞池中央跳起华美的舞蹈，国王说他要为这两个年轻人亲自演奏笛子。他演奏得实在是太糟了，但是没人敢说出来，因为他是这个国家的统治者。听，他只会吹两个调子，而且永远都搞不清楚到底是哪一个，不过这都没有关系，无论他吹奏得怎么样，人们总是高声地为他欢呼："太棒了，太精彩了！"

到了婚礼的最后，已经是午夜时分，最后一个庆祝活动是放烟花。美丽的公主从来没有见过烟花在夜空中绽放，所以国王请来了最好的皇家烟花手专门为她放烟花。

"你能告诉我烟花是什么样子的吗？"婚礼前，有一天晚上公主和王子在散步的时候她问道。

"它美得像北极光！"说话的是国王，他总是喜欢帮别人回答问题，"但是相比于星星，我本人还是更喜欢烟花，因为你总是能够对它们什么时候出现有十足的把握，就如我吹奏美妙的笛子一样，你一定要看看它们。"

国王叫他的仆人在花园里搭起了一个大大的台子，专门用来放烟花，等到那些皇家烟花手们把一切都准备好了，台子下面的烟花们开始彼此说起话来。

"啊，这个世界是多么美丽精彩啊！"一个小爆竹大声地说道，"我喜欢那些金黄色的郁金香，只可惜她们本身不是爆竹，这让她们的美丽大大折损了。我为我曾经去了很多地方感到骄傲，游历的确可以增长不少见识呢，而且可以让人看待问题的时候不会有什么偏向。"

"你这个蠢蛋，这里只是国王的花园而已，世界不在这里，它远比这个要大得多，要想看清它你得花上整整三天的时间。"

"不管是什么地方，只要你爱它，那么它就是你的全世界。"说话的是一枚看起来很有思想的转轮烟花。她当然能这么说，因为她在年轻的时候爱上了一只旧的杉木箱子，并且常常以这段令人心碎的恋情感到骄傲。"爱情现在没有什么了不起，诗人把她全毁了，他们不断地歌颂爱情，抒发爱情，使人们越来越不相信她的存在，我知道的确是这么一回事儿，我了解真正的爱情。真正的爱情是痛苦而沉默的。唉，我还记得我曾经就是那样……不过，算了，这已经是陈年旧事了。那些浪漫只属于过去的年月。"

"乱说！"罗马烛光弹说道，"我相信浪漫永远都不会消逝，就像月亮是永恒的一样，她永远存活着。就像我们眼前的这对美丽的新人，他们之间就彼此深爱。今天早晨跟我住在同一个抽屉里的棕色皮肤的爆竹跟我讲了有关这对新郎和新娘的故事，他是我们这里消息最灵通的，宫里的小道消息他也知道。"

但是转轮烟花还是不愿意相信爱情，她不断摇着脑袋，口中喃喃自语："爱情已经消逝了，消逝了啊！"她就这样反复地念叨，似乎像许多其他人那样坚信，只要把同一件事情说上无数遍，虚假的也变成了真实。

这时候，突然传来一声尖利的咳嗽声，打断了他们之间的谈论，爆竹们四下里张望，原来是火箭。

火箭总是故作姿态而且态度非常傲慢，他身材又高又大，被绑在一根长竹竿的最前端，每次在他发表言论之前总是要"咔咔，咔咔"地咳嗽几声，就像在说"现在一个重要的人物要开始讲话了，你们可得注意听了"。

只有转轮烟花一个人嘴里还在念念有词："浪漫已经消逝了，消逝了。"

"安静，安静！"一根大爆竹大声地叫喊。他是个块头挺大的家伙，而且是个政客，他知道如何在一场辩论中占据主导地位。

转轮烟花依旧不理睬他，咕哝了一句："全完蛋了。"然后她就闭上眼睛睡觉去了。

当火箭再一次发出"咔咔"的咳嗽声时，周围都安静了下来，再也没有其他人说话了，于是他开始发表自己的言论。他讲话的时候每个字都讲得十分清晰，而且缓缓道来，流利得就好像在背诵早就写好的演讲稿一样；同时他从不用正眼去瞧那些听众，这么看来，他的风度和气魄都是极其出类拔萃的。

"王子是个非常幸运的家伙，"他说，"他结婚的那天晚上正好也是我要飞向天际的日子，事情就是如此巧合，似乎是早早就已经准备好了要这样做似的，对他们来说是再好也没有了。不过这也没有什么稀奇的，王子往往容易碰上好运气。"

"哎呀呀，我倒不这么想呢。"一只小小的爆竹说，"而且正好相反，我觉得我们能够为王子升到天空上对我们来说是莫大的福气和荣誉。"

"你当然可以这么认为，"火箭说道，"而且我也不否认这一点，但是对我来说可不一样了。我是一枚与众不同的、神奇的火箭，出身十分高贵，我的家族也极为不平凡。我的母亲在她年轻的时候，是一枚名声大噪的转轮烟花，几乎所有人都为她迷人的舞姿倾倒。每次她出场的时候，都首先要优美地转体十九次才会直飞上天，在天空中每旋转一次就向四周抛撒七颗粉色的星星。她的身体很大，里面装着顶好的火药。而我的父亲，是跟我一样的火箭，从法兰西来。当他飞上天际的时候，飞得那样高，人们还一度以为他再也不会下来了呢，但是最后他还是下来了，只因他有着一颗善良的心。他下来了，同时伴随着一片金色的彩雨，那么美丽而绚烂地落了一地。隔天的报纸用所有华美的辞藻来描述他的精彩演出，他们把他叫作烟花艺术史上伟大的突破。"

"你说的是烟花吗？是烟花没错吧？"一只孟加拉烟花问道，"我敢肯定我是对的，因为我亲眼看到过。"

"不是，我指的是火炮，"火箭语气十分坚定地告诉他。这只孟加拉烟花感觉自己受到了侮辱，气不打一处来，立刻跑去欺负其他的小爆竹，就是为了向大家证明他依然是个重要角色。

"我说到哪儿了？我是说……"

"你在说你自己呢。"一枚罗马烛光弹说。

"是的没错，我也记得我刚刚正在讲述的是一个十分有意思的话题，只是被人无礼地打断了。这些粗鲁没教养的行为是我最讨厌的，这是由于我的神经比一般人要敏感。而且我相信全世界再也没有人比我更敏感了。"

爆竹不明白敏感具体是指什么，于是他问身边的罗马烛光弹："一个人敏感是指什么呢？"

"也就是说，一个人他的大脚趾上长了鸡眼，却满心希望踩一踩别人的脚趾头。"罗马烛光弹小声地对他说，结果把爆竹逗得哈哈大笑。

火箭看了很不解，"我倒不知道我刚刚讲了一个好笑的笑话呢，我一点也不觉得好笑。"

"我笑嘛，当然是因为我开心咯。"爆竹答道。

"你真是个自私鬼！"火箭非常不高兴，或者说有点儿发怒，"你到底有什么可以开心的？难道不应该多为别人考虑考虑吗？或者说，想想我将要面临的事。而我自己就是时常这样做的，我老在考虑我自己的事，一刻都没有停止过，也希望其他人能对我这样。这就叫作同情心，是一种非常高尚的美德，我在这方面就正好有很高尚的美德。想想看吧，要是今天晚上放烟花的时候，我出了点什么意外，该有多么可怕啊！这将给所有人都带来巨大的不幸，那对漂亮的新人，王子和公主从此将再也不会感到幸福了，婚礼过后的日子对他们来说每一天都是煎熬；还有国王嘛，他柔弱的心也受不了这样大的打击呀。说实在的，一想到我所拥有的地位是这样的重要，我都忍不住要流泪了。"

"没错，但是在此之前，你倘若一心想要把快乐带给人们，那么现在小心别把自己搞得湿答答的。"罗马烛光弹说。

"哈哈，我看他现在的精神可真不错呢！"孟加拉烟花说。

"你们要记住，我不是一枚普通的火箭，我是与众不同的，非常非常了不起。我希望你们就算欠缺想象力，也该有点常识吧。想象力不是人人都有的，比如像我，就有很好的想象力，因为看待事物的时候，我不会只从表面和实际去看待它，而总是想到别的什么事情上去。在场的各位希望我不要流眼泪，但是我要告诉你们，流泪是一种多情的表现，当然能够理解这一点的人实在是太少了。我这一辈子感到最满意的一件事，就是感受到自己比别人都要优秀，而你们这些人嘛，只会开些低级的玩笑傻乐而已，一点都没有情感，真是悲哀。"

"是的，我们就是这样子，有什么不可以的？"一只小火球欢快地说道，"王子和公主结婚是件多么令人兴奋的事情呀，我恨不得马上飞到天上去把这件快乐的事情讲给星星们听。当我为它们讲述新娘有多么美丽的时候，它们就会眨一下眼睛。"

"呵！真是一种渺小的人生观啊！"火箭不屑地说，"不过我早就知道你们是怎么样的，你们既没有什么远大理想，而且又无知浅薄。试想一下，也许王子和公主有一天会离开皇宫，去一个小村庄里居住，村庄的旁边有一条小河；也许他们后来生了一个像他们一样漂亮的小家伙，长着跟王子一样的金色头发和梦幻的紫色眼睛；也许，这个漂亮的小人儿有一次跟他的保姆在河边散步，保姆不小心在一棵绿茵茵的大树下睡着了，而他因此掉进小河里死去了。噢，多么可怕的灾难啊！这对年轻的夫妇就这样失去了唯一的儿子，我简直不敢想象这样的事情！"

"可是，这件事并没有真的发生啊，王子和公主并没有到皇宫外面去，也没有失去他们唯一的小王子，"罗马烛光弹忍不住说，"什么事情都没有发生，一件也没有发生啊。"

"是的，我又没有说这些事情已经发生了，"火箭说，"我的意思是它们有可能会发生，也有可能不会发生。倘若他们现在已经失去了唯一的儿子，现在还有什么讨论的必要吗？我最讨厌那些总是为做过的事情而追悔不已的人。可是，只要想到他们有失去小王子的可能，我就难过得要命。"

"你也许要流泪了呢，"孟加拉烟花大声地说，"在我们这里就属你有一颗敏感的心。"

火箭感受到了孟加拉烟花的嘲讽，愤怒地说："你是我见过的最没有情感、最粗俗无礼的人，我对王子的友情你一点都不懂！"

"可是我敢说，你到现在为止还不认识我们的王子了呢！"孟加拉烟花说。

"我什么时候说过我认识王子了？"火箭答道，"再说，要是我已经认识了他，我不会和他做朋友的，要知道一个人身边如果有许多的朋友的话是件十分危险的事情。"

"我是说，你最好还是不要流泪了，这对你来说才比较危险。"火球说。

"没错，这对你来说是件挺危险的事，而我嘛，我想什么时候哭就什么时候哭，比如现在。"说完火箭真的哭了起来，从长长的竹竿上落下许多雨点子一样的水滴。两只正在往上爬的小甲虫吓了一跳，急忙躲闪，怕自己被大水给淹死了。

转轮烟花又开始说话了："我想他应该是个真正浪漫的

人，我都不知道有什么事情值得哭的，但是他倒哭得起劲。"说完她又长长地叹了一口气，想起了自己以前的旧情人杉木箱子。

至于孟加拉烟花和罗马烛光弹他们完全无法理解火箭的观点，因此不停地大喊着："瞎扯！瞎扯！"他们就是这样，只要是有跟他们意见不合的观点，他们就认为都是胡扯的，因为他们本来就是非常讲求实际的人。

一轮皎洁的明月在天空上发着银光，看起来像一块盾牌，周围的繁星闪烁，宫里演奏的音乐从舞会的大厅一直弥漫到花园里。王子和公主依旧在领舞，他们的舞姿是那样赏心悦目，就连水池里雪白的莲花也伸长了脖子向里面搜寻着他们的身姿，大朵的红色罂粟花随着音乐摇摆着，并跟着敲打节拍。随着时间的推移，时钟敲了十下，十一下，接着终于到了十二下，午夜来临了。于是人们都从大厅里出来，一起来到阳台上，国王下令皇家烟花手做好准备。

"可以开始了。"国王对烟花手下令。于是皇家烟花手向国王恭恭敬敬地鞠了一躬，转身向花园的另一头走去。当他返回的时候，身后跟了六个助手，每个人手里都拿着一根长长的竹竿，竹竿的顶端绑着一个燃烧着的火把。

这是一场空前盛大的烟花表演。

在被火把点燃的一刹那，"嗖嗖嗖！""嗖嗖嗖！"转轮烟花姿态优美地飞上了天，当然是一边旋转着一边飞起来的；

"轰隆隆!""轰隆隆!"罗马烛光弹也紧跟其后飞了上去;接着是那些大大小小的爆竹们,他们跳着活泼狂野的舞蹈;然后是孟加拉烟花"咻!"地直飞入空,把夜空映得通红;最后火球也要上去了,他大叫了一声"再见了!"然后就一下子没影了,只见天空中撒下了许多蓝色的小彩星。他们都表现得非常出色,现在剩下的只有神奇的火箭一个人了。但问题是,他之前流了那么多眼泪,浑身都哭得湿答答的,他身体里最引以为傲的火药在被淋湿之后,已经完全报废了,火箭根本就上不了天。而平时他看不起的那些人呢,却个个都光彩夺目,在夜空里绽放出最耀眼的光彩。"真好啊,真好啊!"公主从来没有见过这么美丽的烟火表演,不停地拍手夸赞,多么高兴啊。

"也许今天不让我飞上天是有原因的,"火箭这么想着,摆出一副异常傲慢的姿态,"也许今天的盛典还不算隆重,他们肯定是要把我留到更隆重的庆典再登场。"

典礼结束了,第二天,国王的仆人来到花园里清扫。"这些人一看就是国王派来的代表,我得拿出自己最好的面貌来迎接他们。"火箭自言自语地说。于是他摆出了一副不可一世的模样,严肃地皱着眉头,好像在思考着什么深奥的问题一样。但是仆人们根本没把他放在眼里,专心地做着清扫的工作,没人注意到他的存在,直到他们准备离开的时候,有一个眼尖的人发现了他。"哎哟,这里还有一根没用的破烂火箭呢!"说完他就顺手把他丢进了围墙外面的臭水沟里。

火箭被抛到半空中,一边飞一边怒气冲冲地说:"什么?破烂?他说的是破烂火箭?不可能不可能,他说的一定是大火箭,要知道破烂和大这两字的发音是非常接近的,简直就没法分清。"话音刚落,他就"啪唧"一下稳稳地掉进了水沟里。

"唉,这里环境挺糟糕的,"火箭环顾了四周说道,"不过没准这里非常适合泡澡呢,我知道了,原来我是被送来这里养身体的,那我真应该抓住这次机会好好放松一下了。"

这个时候,有一只小青蛙游到了他的跟前,他身上披着一件有绿色斑纹的外衣,一双眼睛像宝石一样闪着晶莹的光彩。

"咦,来了一个新人呢。"青蛙说,"一点也不像烂泥巴,不过这跟我也没什么关系。我呢,只要能在下雨天的时候待在水沟游游泳就觉得是最幸福的事了。你觉得今天会下雨吗?我倒挺希望能下场爽快的大雨,不过天空看起来晴朗极了,真是扫兴。"

"咔咔!""咔咔!"火箭又咳嗽起来,这说明他马上就要发表演讲了。

"你的嗓音非常不错,有点像青蛙的叫声'呱呱,呱呱',这是世界上最好听的叫声了。今天晚上你一定要来听听我们歌唱队的演出，演出的地点就在农夫住的房子旁边那片池塘里，当月亮挂上天空的时候，我们就要开始啦。你绝对不应该错过那个美妙的时刻，每一个人都闭着眼睛，静静地倾听着。我悄悄地告诉你，有一次我还听见农夫的老婆对农夫说，因为我们的歌唱声，她一晚上都没睡着觉呢，哈哈，我们可真是受欢迎啊。"

火箭继续"咔咔！""咔咔！"地咳嗽，带着不满，因为他发现自己连一句话都插不进去，所以非常生气。

"对了，我忘了告诉你我有六个貌美如花的女儿，我真的挺希望你能到池塘那儿去的，那样你就可以亲眼看看她们啦。我常常为她们的生命安全担忧，你知道有一种恶心的怪物叫作梭鱼，要是不走运碰到他们的话，他们会毫不留情地把我们吞进肚子里。话就说到这里吧，跟你聊天真是愉快极了，我觉得你是个值得信任的家伙。"

"聊天，说得没错，一次愉快的聊天啊，"火箭气鼓鼓地说，"从头到尾都是你一个人在说话，我可连一句都没插上。"

"嗯，交谈嘛，总是得有一个人听着的，不是吗？"青蛙答道，"有的时候，我就会自己跟自己聊天，这感觉非常不错，而且可以减少许多的争论。"

火箭说："不过我喜欢跟别人争论，那非常有意思。"

"我倒不喜欢那样，跟别人争论这样的行为很不高尚，在一个良好的社会里，大家从不争论，他们的意见总是一致的。再见吧，我要游到我的女儿们身边去了。"话音刚落，青蛙已经游走了。

火箭对这次不愉快的谈话气不打一处来，"真是个无比惹人厌的家伙！"他说，"完全没有一点教养，那些没有教养的人都是像你这样只顾自己说话的，总得把机会留给其他想说说话的人吧，我就是讨厌这样的人。像这样的人，就是自私的，没错，非常自私，自私常常会给别人带来麻烦和困扰，尤其是像我这样有教养又品德高尚的人，所有人都知道我具有比别人更多的同情心。我想你们都该学学我，把我当成最好的楷模，我得提醒一下，你们的时间可不多了，我马上就要回到宫中去了。我在皇宫里可是非常受欢迎的人，就在昨天吧，王子和公主为了帮我庆祝，还特地举行了结婚典礼。不过我说再多也没有用了，你们这群乡巴佬懂什么。"

"你这样讲了一大堆又有什么用呢？"现在只有一只正停下来休息的蜻蜓在听火箭讲话，"又有什么用呢？青蛙早就已经游走啦。"

"那就要算她大大的损失了，"火箭说，"我才不会因为他在不在这里，而决定我自己要不要继续讲下去，我就是喜欢听自己讲话，这是我人生最大的享受之一，我经常会自己跟自己讲许多的话，不过有的时候，有些话因为太过于聪明了，连我自己都理解不了呢。"

"那你可以去给别人讲讲哲学了。"蜻蜓说完，重新展开她那一对轻如薄纱的翅膀飞到空中不见了。

"又是一个傻瓜。她不留下来听听我智慧的言论，真是大大的损失。原本她能有一个很好的机会提升自己的，不过算了，我不需要这些愚蠢的听众，一定会有真正的听众在等待着我的演讲，因为我是一个天才啊，是金子总会被发现和欣赏的。"他说着，但是身体却又往烂泥里陷下去了一点。

没过多久，从别的地方游过来一只鸭子，她胖胖的身子下面长着一双黄色的腿，还有一双蹼，她走路的姿势是袅娜地一摇一摆，很有小姐的风范，所以这里的人们一向把她看作是一位难得的美人。

她一边朝火箭走过来，一边惊叫着："嘎嘎，嘎嘎，哎呀，你的模样真是太奇怪了，是你天生就长这样，还是遭遇了一场可怕的意外呢？"

火箭听了很不高兴："看得出来，你是个乡下人，而且从来没有到大城市去看过，所以我原谅你的无知。要是你哪怕有一点见识的话，就会知道我是谁了，想要成为像我这样优秀的人可不是那么容易的，等到我飞到夜空中，撒出无数耀眼夺目的彩星的时候，你会大吃一惊的。"

"你说的这些，我一点也不看重，我是个比较实际的人，我看不出你的那些了不起的才能能够给别人带来什么帮助，如果你能够像牛一样下地干活，或者像马一样能够去拉车，或者像牧羊犬一样能够照管羊群，那还算是挺有本事的。"

"我的小姐啊，"火箭用一种十分傲慢的腔调说："你应该知道自己的身份，是属于下等阶层的，而我恰好相反，像我们这样的人物永远都不需要给别人带来什么，我们只要自己有一定的成就，就已经满足了，至于勤劳啦、干活啦这些事情，我本人是一点也不看好的。我想说，我一直以来都认为，干这种体力活就是那些一事无成又没事可干的人用来逃避现实的一种方式。"

"那好吧，既然你这样想的话。"鸭子和气地说，"每个人都有自己的想法，不能说谁对谁错，不过总而言之，你是要在这个地方安家了不是吗？"

"我的小姐，你说的当然是不可能的，我的身份如此尊贵，怎么会在这样的地方长期生活下去呢？说实在的，我一点也不喜欢这个地方，这儿显得太荒凉了，根本没有什么社交生活可言，简直就是荒郊野外嘛。我早晚是要回到皇宫里去的，在那儿成就我的一番伟业。"

"我以前也曾经考虑着要去做一些对公众有益的事业，"鸭子说，"我们这个社会上还是有很多东西要革新的，我甚至还做过一阵子的会议主席呢，我们经常开会批判那些我们不认同的东西。不过事实上，并没有起什么作用，后来我就退出了，还是回归到家庭照看我的孩子们比较实际。"

"至于我嘛，我就是为了这个社会而生的呀。"火箭骄傲地说，"还有我们家族的其他人，我们生来就受到万众瞩目，无论走到哪里，都是焦点。不过虽然我还没有正式登场，但是我确信，只要我一出场一定是空前盛大的场面。至于你说的那些什么照看家庭的行为，那只会消耗掉人的精神，使人过早地衰老，太没有追求了。"

"追求嘛，这是非常好的事情，不过现在我有点饿了，我得走了。"鸭子小姐"嘎嘎"叫了两声就游开了。

火箭一看她已经走远了，急着大喊："回来啊，你快回来！我还有好多的话没有说完呢！"不过鸭子头也不回地游远了。

接下来，火箭又对自己说："很好，她走了。非常不错！她各方面都太平凡了，跟我根本说不到一块儿去。"正说着，他又往下陷了一点。唉，一个天才往往大多数时候是孤独寂寞的，他暗暗感叹着。这时走来了两个小男孩，他们穿着粗麻布的衣服，一个手里提着水壶，另一个男孩怀里抱着一些干柴。

火箭兴奋地叫起来："这一定就是皇宫里派来的代表了。"他努力克制自己高兴的模样，而装出一副高高在上的严肃姿态。

"嘿，你看这儿，"其中一个男孩指着水沟里的火箭对另一个男孩说，"这儿有一根烂木棍，这儿怎么会有这个？"他说着把火箭捡了起来。

"很好，我们正好可以用它来烧我们的开水。"另一个男孩点点头。

于是他们把火箭和其他的干柴堆放在一起，把火箭放在最顶上，然后男孩们就躺在草地上睡觉去了。

"这简直太不可思议了，他们竟然要在大白天把我升上天空，这下子，全世界的人都要看到我了！"火箭激动不已。

由于火箭在水沟里泡的时间太长，浑身都湿透了，所以花了很长的时间，火才把他身上的水烤干，到最后，火箭还是被点燃了。

"我马上就要起飞了，我要直飞上天，飞到月亮上去，飞到星星上去，飞得更高，更高！"

他的身体一边向上飞一边发出"嘶嘶"的声音。火箭多么高兴啊，他大喊大叫着，只是没有人看见。

突然，他感到全身一阵疼痛，"啊，我要爆炸啦！"他嚷道，"整个世界都要被我的爆炸声震惊，在接下来整整一年的时间里，人们将再也不会做别的任何事情，他们只会谈论我。"是的，他马上就真的爆炸了。还是没人看见他，就连那两个男孩也没有看见，他们已经睡着了。

爆炸结束之后，他掉了下来，火药已经用完了，只剩下一根木棒，他"咻"的一声掉下来，正好打在一只路过的大白鹅背上。"哎呀妈呀！是什么东西，吓死我了！"大白鹅跳起来瞅了一眼，"原来是一根棍子啊，天什么时候下起了棍子，真稀罕!"

　　"我一直都知道，我会创造奇迹。"火箭说出了最后一句话，然后彻底熄灭了。

少年国王

　　还有一天就要举行加冕仪式了，晚上少年国王一个人静静地坐在他那间雍容华贵的屋子里。就在不久前，一群大臣刚刚对他行了对国王的礼节，现在他们一一退下了。这些大臣有些对礼节还不是特别熟悉，他们特地向宫里教授礼节的老师学习过，这是必须要学会的，否则是很不体面的。

　　这位国王还非常年轻，他只有十六岁，大臣们走了他一点也没有放在心上，反而觉得像是松了一口气。他舒服地躺在房间里一张柔软的绣花沙发上，把身子深深地陷在里面，长长地吐出一口气。他面朝上躺着，眼睛睁得大大的，看着天花板，样子像极了一位皮肤是赭色的林地农牧神，或者是一只才从丛林猎捕到的小野兽。

　　不过，巧合的是他的确来自丛林里，被猎人们发现并带到皇宫里去的，幸运的猎人啊。他们找到他时，这个少年还是一副粗野的打扮，他赤着双脚，手里握着一根笛子，正赶着一群羊向前走。是的，一直以来他都被当作是一个穷苦的牧羊人的儿子，而他自己也一向是这么以为的。可令人意想不到的是，他竟然是公主的儿子，老国王的嫡亲外孙。原来他的亲生母亲，也就是国王的独生女儿，爱上了一个比她身份要卑微许多的男人，这段恋情注定是得不到祝福的。没有人确切地知道这个男人是谁，有人说这个男人是从外省来的，他能吹出摄人魂魄的笛声，公主第一次听见就迷上了。还有人说这个男人是一位非常有才华的艺术家，来自意大利，公主被他的才华所吸引，深深地爱上了他。但是不知道为什么，有一天这个男人突然之间凭空消失了，艺术家走得太突然，一幅画了一半的画还留在教堂里，人们再也找不到他了。那时候公主刚刚生下一个男孩才一个礼拜的时间，而那个身体虚弱的少女在刚刚诞下男婴没多久就死去了。男人走的时候偷偷把那个才一个星期大的男婴也抱走了，他把孩子托付给了一户穷苦的牧羊人夫妇，他们住在距离城市很远的一个丛林深处。关于公主的死，人们也有不一样的说法，有的人说她是因为悲伤过度，有的人说这是一个阴谋，她是喝了掺在酒杯里的一种意大利剧毒死的。当人们把公主的遗体送到墓室里安葬的时候，那个小男孩刚刚被一个骑马的仆人送到那对牧羊人夫妇手中。而那个准备给公主的墓穴里已经躺着一个面貌俊朗的男人，他的手被绳子牢牢地捆住了，胸前还有一道道划开的血口子。关于少年国王的身世，这是一件谁也说不准的事情，人们只在私下里谈论。

后来年老的国王有一天终于想通了，那是在他快要死去的那一刻，他回首自己的一生，不禁为自己犯下的罪过悔恨起来。他想起了那个被送走的可怜的孩子，或者只是因为自己死后王位将无人继承，所以他命人马上去把那个孩子找回来，并当着所有大臣和王宫贵族的面，宣布将王位传给那个男孩子。

少年受宠若惊，不敢相信这是真实的，不过皇宫里的奢华富贵最终还是让他相信，这一切真真切切地发生了；同时他对那些美丽而华贵的事物总是抱着极大的热情去欣赏和感叹。那些服侍他的仆人们，总是在私底下谈论着这位少年在看到那些精美的服饰，或者那些精美贵重的金子宝石时是怎样的激动，又是怎样发自肺腑地惊叹；或者在他脱去了自己的那身粗麻布的牧羊人衣服时又是显得多么高兴啊。虽然有的时候，少年还是会想起以前牧羊人的生活，他可以自由自在地在丛林里穿梭，而现在却总是有各种各样的束缚，他必须花整整一天的时间去学那些枯燥乏味的宫廷礼节。不过，这只是少数会困扰他的问题，只要一想到他现在住在一座金碧辉煌的宫殿里，这里的一切都是精美绝伦的，而他即将成为这所有财富和权力的主人，少年就兴奋不已。当少年从那些繁文缛节中逃脱的时候，他一个人徜徉在金光闪闪的大厅里，从一个大房间转向另一个大房间，观赏高大的雕像，穿过一条又一条看不见尽头的走廊，他就感觉不到任何的忧伤和不快乐，似乎那就是能够治愈他的良药。

比起身边总是跟着大群大群衣衫华丽的仆人，他更喜欢一个人去探索和发现新的美，那对他来说是真正的享受和游历。不知怎的，宫里开始有了一些关于少年国王的传言。据说有一位胖胖的官员，写了一篇长长的信寄到宫里，信里满纸都是华丽的辞藻，指出他有一次亲眼看见少年国王十分虔诚地跪倒在一幅来自威尼斯的巨型画像面前，好像在向神灵参拜。还有一次，宫里所有的人都找不到少年国王了，他们发动所有的人花了整整一个小时才最终找到了他，他正待在一间远离宫殿的最北边的小屋子里，一眨不眨地盯着一个用宝石雕成的希腊美少年雕像发呆。有人说得更离奇，他们声称亲眼看见他亲吻一座古雕塑，它是被人们从河流深处打捞上来的，身上披覆着悠久的历史，上面还镌刻着罗马皇帝拥有的俾斯尼亚国奴隶的姓名。也有人说，这位奇特的国王情愿花去整整一晚的时间，只为了注视着白色的月光投到安迪民银塑像上面光影的变化。

总而言之，只要是价值连城的宝物，对他就有无穷无尽的吸引力，使他好像着了魔似地迷恋，并渴望拥有它们。他向全世界派出了许多船只，只为了搜集那些稀有的珍宝。他叫他们去北海，向那里穷苦的渔民收购晶莹剔透的琥珀石；去遥远的埃及探寻只有在埃及法老的墓中才会有的绿宝石，因为传说中这些绿宝石本身是带着某种神秘力量的；人们远赴波斯去购买精美的丝帛制品和彩陶器皿；还有一些人去神秘的东方国度印度去寻找细纱和象牙、月亮宝石以及碧绿滴翠的翡翠手镯、香料等其他物品。

不过在所有的东西当中，没有任何一件能够比得上这位年轻的国王现在所想的，那就是在国王的加冕仪式上他要穿的礼服。那件华贵的长袍必须全部用金线织就，他的王冠上必须要镶嵌着最闪耀的红宝石，至于他的权杖，上面必定要挂满一串串浑圆雪白的珍珠。是的，今天晚上，当他躺在那张舒适的沙发里，眼睛看着天花板的时候，脑子里就在想着这件事。壁炉里燃烧着大块的松木，偶尔发出"噼啪"的响声。礼服上的东西都异常贵重，全部来自最好的设计师和工匠，一切都早早准备下了，他们画好设计图，讨论出制作的工序，也把计划一一让国王本人过目了，现在要做的，就是等待着工匠们日夜赶工把它们在加冕典礼之前赶制出来。他想象着自己穿上金丝的长袍，头上戴着王冠，上面的红宝石熠熠发光，手中握着镶满珍珠的权杖，站在高高的教堂祭坛上，俯视着下面，他稚气的嘴就挂上了甜蜜的笑容，那双黑晶晶的眼睛也仿佛发着光。

躺了许久，他觉得应该舒展一下身子了，于是便站了起来，将身子斜靠在壁炉顶端雕花的檐上，环顾着这间华美的屋子，还有里面放置的精美的物品，这所有的一切都太美了。屋子的一边放着一张衣橱，表面嵌满了五彩的琉璃和红色的玛瑙，将衣橱的一角填得满满的。在窗户的对面则摆着一个别致的柜子，那是用来存放一些高档的高脚酒杯的，现在里面摆放着晶莹剔透的威尼斯玻璃高脚杯和一只黑纹玛瑙杯，它们稳稳立在表面镀了金漆或者镶嵌着薄金片的漆格上。床单是丝绸的，上面是刺绣的浅白色罂粟花，模样淡雅可爱，像是刚刚从睡眠困倦的手里轻轻飘落下来。屋子里最引人注目的要算那个用高大的象牙支撑起来的天鹅绒华盖了，华盖顶端缀着大片雪白的鸵鸟毛，它们柔软轻盈地伸向远处，一直到触及雕刻着回文的天花板。一面透亮的镜子反射着或明或暗的光芒，它是青铜制成的，嵌在美少年纳西苏斯举起的双手上。一个紫水晶做的洗脸盆在桌子上放着。

他来到窗边，看着远方的教堂圆圆的屋顶，它们像极了气泡的形状，在平坦的屋顶上方浮动。懒洋洋的哨兵扛着武器在阳台上走来走去，因为靠近河边，水面的雾气将他们笼罩起来。在很远的地方，有一片果园，果园里的树上站着一只正在唱歌的夜莺。花园里飘来一阵阵醉人的茉莉花香，使他的心情也变得柔和诗意起来，他随意用手撩拨了一下棕色的卷发，顺手拿起身旁的一只琵琶，愉快地弹拨着琴弦。渐渐地，睡意袭来，年轻的国王感到眼皮越来越重，几乎要合上了，也许是这屋子里的美强烈地触及了他的神经，导致他感到疲倦，不过现在已经接近午夜。

远处传来昏昏的钟声，国王按铃示意仆人们进来为他脱去一身华服，在他手上洒上玫瑰花水，还在他的枕头上撒上花瓣，等到他们所有人一一退出了房间，少年国王沉沉地睡去了。

睡着之后，他做了一个梦，梦境是这样的：

他感到自己站在一个狭长低矮的阁楼上，周围充斥着织布机转动和撞击的声音。透过那些格子的窗户，几束昏暗的光照进屋子里，使他能勉强看清这里的一切：那些伏在织布机上手脚不停工作的女工们，还有她们脸上疲倦憔悴的神情；几个瘦小、脸色苍白的孩子蹲在一旁玩耍。每次当梭子飞快地穿过经线时，女工们便熟练地将沉重的筘座抬起来，一等梭子穿线完毕又放下筘座，好让它平稳地把线压住。她们每一个人脸上都因长期的饥饿显得营养失调，充满对食物的渴求，不过此刻她们别无选择，只能用自己干瘦枯槁的手颤抖着，干活，干活。屋子里散发出一股难闻的霉味，空气污浊肮脏，四面的墙壁还在往外渗着水。

他慢慢地来到其中一位女工的面前，低下头聚精会神地看着她干活。但是这很快让她感到厌烦，"你到底是谁？到这里来干什么？难道你是主人派来监督我们干活的吗？"女工愤怒地说。

"能告诉我你们的主人是谁吗？"少年国王问。

"噢，我们的主人吗？"女工说，"他跟我们也没有什么区别，一样是两只眼睛一个鼻子，但是我们和他之间唯一的区别就是他富得流油，每天穿着刺绣的绸缎衣服，肚子吃得圆滚滚的，而我们却浑身破破烂烂，每天忍饥挨饿。"

"但这个国家是自由的，每一个人也都是自由的，你们不是属于谁的奴隶啊。"国王说。

"这真是一件稀奇的事情。要知道在战争的年代，强者欺压弱者，弱者就是强者的奴隶；到了和平年代，就是富人的时代，而我们穷人则沦为富人的奴隶。我们能活下去的唯一条件就是为富人们拼死拼活地干活，可是他们给予我们的工钱却少得可怜，他们无休无止地剥削我们，将我们看作廉价的劳力，只为了给自己家里的箱子里装满金银珠宝。还有我们那些年幼的孩子，他们没有机会长大成人就早早地夭折了，贫穷使我们所爱的人面目变得痛苦和丑恶。我们汗水浇灌的农作物，端上的是别人的饭桌，我们榨出鲜美的葡萄汁，自己却从来没有品尝过。尽管人们都说每一个人都是自由的，但实际上我们的确是奴隶，被套上了无形的枷锁。"

"你是说每一个人都是这样的吗？"少年国王又问。

"没错，无一例外。"女工答道，"不管是老人还是年轻人，男人还是女人，甚至是小孩子。那些商人们不停地剥削压榨我们，但是我们没有办法只能照他们的吩咐做。牧师们骑着高头大马打我们身旁经过，口中念着祷告词，却从没有关心过我们。贫穷睁大饥饿的双目在阴暗的巷子里穿行，罪恶那用酒精熏过的脸孔跟在他的后面。不过你问这些做什么呢？从你的穿衣打扮来看，你跟我们根本不是一路人，你看上去多么无忧无虑啊。"讲完这些，她继续埋头做手里的活计，机械地将梭子穿过织布机。他看到梭子里穿着的那根线是一根金线。

他猛地被什么击中了似的，马上问道："你在织什么衣服？"

"这件金线的袍子是我们的少年国王加冕那天要穿的，你为什么要问这个？"

少年国王惊恐地尖叫起来，醒了过来，他赶紧朝四周看了看，他还是在自己舒适华美的房间里，他从挂着窗帘的窗户向外看去，天空里挂着一轮明亮的圆月。

于是他又一次躺下了，进入了梦乡，这一次的梦境是这样的：

他来到了一艘大船的甲板上，船上有一百个奴隶在使劲划桨，而端坐在船中央地毯上的是一个皮肤漆黑的男人。他是船长，头上裹着丝绸做的深红色头巾，肥厚的耳朵上坠着一对大大的银耳环，手里把玩的是一个象牙制成的天秤。

骄阳似火，太阳火辣辣地烤着奴隶们裸露的皮肤，因为他们身上只有一块遮羞布，其余都裸露在外，每个人之间都用铁链锁在一起。手拿皮鞭的黑人们在甲板上来回奔跑，抽打着奴隶的身体，催促他们用力地划桨，海水在他们身体一侧翻滚，溅起咸苦的浪沫。

终于，船来到了一个小海港，船员测量着水的深度。从岸上吹来细微的凉风，裹挟着一片细细的红沙，它们轻盈地蒙上甲板和船帆。有三个骑着毛驴的阿拉伯人朝船上投来三支长矛，于是皮肤漆黑的船长搭起弓箭朝他们射去，有一支箭不偏不倚正中一个阿拉伯人的喉咙，他摇晃了几下身子就跌进海水里去了，他的同伴见状马上逃走了。在他们的身后跟随着一名骑着骆驼、脸上蒙着黄色轻纱的女子，她不时朝那具坠入大海的尸体投去目光。

黑人船员抛下锚，将船帆降下，他们来到底部的船舱里把长长的吊梯取出来，为了使其很好地展开，底部绑着沉重的铅球。船长将吊梯从船上抛下去，将梯子的顶端在铁杆上固定住。这时，他们将一个最年轻的奴隶捆绑着送到船长的面前，他们把他脚上的链锁打开，用蜡封住他的鼻子和耳朵，然后将一块大石头捆在他的腰上。他疲惫不堪地从吊梯上慢慢地爬下去，不一会儿就消失在了水中，水面上只有几个小小的水泡。而其余的奴隶们则倚在船杆上看着他。坐在船头打鼓的是一位赶鲨人，"咚咚咚"的鼓声有节奏地传向远方。

不一会儿，这个潜入水中的奴隶从水里冒出了头，嘴巴里大口大口喘着气，在他举起的手里拿着一颗明亮的珍珠。船员一把将他手里的珍珠拿走，然后用力将他再次投入水中。其他的奴隶都躺到甲板上睡觉去了。

这个潜水的奴隶不知道上来又下去多少次，每次都找来一颗珍珠，那颗珍珠被拿来放在秤上称过后，随即被放入一个绿色的绒布袋子里。

少年国王呆呆地看着正在发生的一切，话语似乎在他的舌头上冻住了，他抖动着嘴唇却什么话都说不出来。甲板上的黑人船员似乎为了一串珍珠发生了争吵，两只羽毛雪白的白鹤在船头盘旋。

最后一次，这是最后一次，奴隶从水中冒出了身子，这一次他的手里握着一颗无与伦比的美丽珍珠，比任何一颗奥玛兹岛的珍珠都要珍贵，它圆润得如同夜空中的一轮满月，白得耀眼，如同星辰。但是这个可怜的潜水者却面色苍白，他支撑不住身体，倒在了甲板上，鼻孔和耳朵里立刻流出许多鲜血。他抖动了几下身体，就永远地静止了，他死去了。船员们只是耸了一下肩膀，就把他的尸体随意地丢进海里，再也无人问津。

船长将珍珠拿在手里端详着，脸上露出微笑，他将珍珠举到额头上，朝向远方恭敬地鞠了一躬，"这颗明珠，正好可以用来镶嵌在少年国王的权杖上。"说罢，他挥手示意船员们起锚，船即将返航。

少年国王再一次惊叫着醒来，他看向窗外，他看见那些长手指划过破晓正在摘取衰弱的星辰。不过很快他又再一次进入了梦乡。

这一次他来到了阴暗恐怖的森林里，每一棵树上都悬挂着样子奇特的果实和含有剧毒的鲜花。每个他走过的地方，都有毒蛇"嘶嘶"地吐出信子，还有身着五彩羽毛的鹦鹉厉声怪叫着从一棵树飞到另一棵树上。体形庞大的乌龟将身体陷在软乎乎的温暖的烂泥里睡觉。到处都是猴子和孔雀。

少年国王继续向前走，在快要走出树林的地方，看到一条干枯的河床，上面还有很多人在做着苦役。他们或是簇拥到岩石边，或是挖着洞，然后跳进洞里。还有些人挥舞着大斧头去劈开石头，另外有些人在沙滩上做着什么，总之每一个人都在不停地忙碌着，嘴巴里喊着号子。他们随意地将仙人掌拔出来扔掉，或者脚踩在鲜花上。

有两个人坐在阴暗的洞穴深处，看着河床上干活的那些人，死亡说："我现在已经感到疲倦了，我要走了，同时带走那里三分之一的人。"

但是贪婪摇了摇头说："他们是属于我的仆人。"

"你的手心里握着的东西是什么？"死亡问道。

"它们是三颗谷子，不过这和你没有一点关系。"贪婪说。

"你只要把其中的一颗给我，让我拿回去种在我的花园里，那我就马上走。"死亡说。

贪婪又摇了摇头："不，我一颗都不会给你。"说着她将手藏到身后。

死亡笑了笑，他拿起一个水杯，将它浸入水中，当他再一次将水杯拿出来时，里面已经诞生了疟疾。当疟疾从那些人身边走过时，身后掠过一阵寒气逼人的冷风，还有千百条蛇窜出来，同时有三分之一的人就此死去。

贪婪眼见着自己的仆人死去了三分之一，顿时悲痛地捶胸大哭起来，她用干枯的拳头捶打着干瘪的胸口，大叫着："你把我三分之一的仆人都杀死了，现在你满意了吧？你快离开这里！去远方的鞑靼战场吧，那里此刻正在打仗，他们的将领都在召唤你前去呢。阿富汗人将杀死的黑牛运去前线，而你在我这个山谷里有什么好处呢？你快离开这里，以后也不要到这里来！"

"我可以离开，不过你首先要给我一颗谷子。"死亡说道。

贪婪将手心里的谷粒握得更紧了一些，"咯咯"地咬紧牙关，她还是说："我什么都不会给你。"

死亡再一次笑了一下。他弯腰捡起一块黑色的石头，扔进树林里，过了一会儿，一个身穿火焰长袍的人从密林深处的毒物中走出来，她就是热病。当她走进人群中的时候，凡是被她用手触碰过的人，都一一倒下死去了，她的脚走过的地方，草也跟着全部枯萎死去。

贪婪看着眼前的一幕，快要气疯了，她颤抖着站起身来朝死亡大喊："你太恶毒了，你这个魔鬼！你应该去印度看看，那里正在闹饥荒，大批大批的人正在死去，撒马尔罕的蓄水池干得一滴水都没有；还有埃及，那里也是饿殍遍野，蝗虫从沙漠飞去那里，尼罗河里的水无法使岸上的土地湿润，牧师们咒骂着他们平日里敬爱的神明。为什么要留在我这里？你到那些地方去吧！"

"除非你把手中的一颗谷粒给我，不然我不会走。"死亡依旧说。

"不可能，我什么也不愿意给你。"贪婪的回答没有改变。

死亡第三次笑了，他把手指放在嘴唇上，吹出一声响亮的口哨，于是从天空中飞来一个女人。她丑陋的额头上印着两个字"瘟疫"，是的，她是一个可怕的女人，她的身后盘旋着一群饿得两眼发昏的秃鹫。她张开巨大无比的翅膀，遮盖住了整个山谷，没有一个人可以逃脱厄运。

贪婪尖声惊叫着从树林里逃走，死亡心满意足地骑上他的红色骏马像风一样飞奔离去了。

剩下的山谷沦为人间炼狱，无数条龙和身上长着鳞甲的怪物从山谷地下的臭烂泥里钻出来，远处的沙滩还跑来一大群胡狼，它们面目狰狞，用鼻子贪婪地嗅着林子里污浊腐烂的气息。

少年看着这可怕的一幕，眼泪从他美丽的黑色眼睛里流下来，他说："河床上干活的那些人在做什么？他们是谁？"

"他们在找寻国王王冠上的红宝石。"站在他身后的一个人回答道。少年国王被说话的声音吓了一跳，连忙回过头去，看见一个男人站在那儿，手里拿着一面银镜。少年抖动着苍白的嘴唇问道："是哪一个国王？"

那个男人说道："你往这面镜子里看，就能看到那个国王的模样了。"于是少年国王朝镜子看去，他再一次尖叫着醒来，因为他在镜子里看到的是自己的面容。当他醒来时，天已经亮了，温暖明亮的阳光从窗户里透进来，花园里传来悦耳的鸟叫声。

大臣们和仆人们早已在他的门外等候，他们走上前来向少年国王行礼，并将金丝长袍、王冠和权杖呈到他面前。

这些东西真是太美了，每一样都在散发着光芒，少年国王呆呆地看着它们。忽然他想起了自己做的那三个梦，于是他说："把它们全部拿走吧，我不再需要它们。"

所有人都惊讶万分，以为是自己听错了，或者耳朵出了什么毛病，有些人甚至哈哈笑起来，他们觉得国王在跟他们说笑呢。

但是少年国王板起了脸语气严厉地说道："我不想再见到这些东西，请赶快把它们从我面前拿走吧。我知道今天是我加冕的日子，但我还是拒绝穿戴它们，因为我非常清楚它们都是如何得来的。这件金线织就的长袍来自一张张伏在织机上的忧伤憔悴的面孔，是用她们干枯瘦弱的双手日夜赶工做成的，而王冠上的红宝石沾满了鲜血，这些雪白耀眼的珍珠上都是死亡的阴影。"然后，少年国王将他做的三个梦讲给了在场的所有人听。大臣听完了以后低头窃窃私语地交谈着："国王今天一定是发疯了，梦怎么可以当真呢，都是虚假的幻觉而已。而且，为我们干活的人的性命我们为什么要管呢？难道说一个人不亲自看看播种就没有资格吃面包了吗？没有亲自到葡萄园跟那些种植的工人谈谈就没有资格喝葡萄酒了吗？"他们对少年国王说："陛下，请您收回成命吧，我们请求您赶快把这些烦扰您的困惑抛掉吧，穿上这件美丽的金丝长袍，把王冠戴在您的头顶，如果不这么穿戴的话，百姓怎么会知道您就是他们的国王呢？"

少年国王却说："这是真的吗？如果我不穿上华服、戴上王冠，他们就不会知道我是国王了吗？"

"是的，他们会无法从人群中将您辨认出来。"大臣提高声音回答道。

"那真是太可惜了，以前我还真以为有些面容不凡的人，就算穿着平常老百姓的衣服，在人群中也是闪耀的，"少年国王说，"也许你说得有道理，但是我还是拒绝穿着一身长袍、戴上我的王冠，我要穿上我进宫时穿的那身牧羊人的衣服，请帮我取来吧！我要穿上它走到皇宫外面去。"

于是少年国王让屋子里的人全部都出去，只留下一个贴身的侍从陪在他身边。侍从服侍他沐浴，并取来少年国王进宫时穿的那件粗布衣服和羊皮外套，穿上它们就像当年在山上放羊的时候一模一样。

当少年国王穿戴好了这一身衣服之后，他的侍从吃惊地看着他，问道："陛下，您的王冠在哪里？"

少年国王微笑着从窗台下的野荆棘上折下一段，做成一个圆环状的王冠戴在头上，"我的王冠现在已经戴在我的头上了。"

等他来到大厅里的时候，所有的王公大臣都聚集在那里，他们看到少年国王一身的打扮都忍不住笑起来，其中还有一个人忍不住说道："我的陛下，等一下百姓们等待的是一位身份尊贵的国王，而你让他们看见的却是一个乞丐。"更有一些人感到十分气愤，"他使我们的国家蒙受耻辱，根本就不配做我们的国王。"但是少年国王面对任何的指责一句话都不说，只管往前走着，走下宽大的大理石台阶，穿过皇宫厚重的大门，骑上一匹骏马朝教堂飞奔而去。

人们看到身穿牧羊人衣服的少年国王经过他们跟前时，都嘲笑他："哈哈，这是谁打我们跟前经过呢，是一个国王还是一个小丑？"

有一个人挤出人群来到少年国王的面前对他说："陛下，您难道不知道我们穷人是寄托在富人的奢靡生活之下的吗？就是因为你们的富有，你们在富有中滋生出来的种种恶习，所以我们才能从中得以生存。我们在一个凶恶的主子手下干活是很痛苦，但是如果没有他们，我们的生活将会更加苦不堪言。难道乌鸦会养活我们吗？难道你有解决的好法子吗？我想你只是一个理想主义者，压根就不知道世事的艰难，你还是回到你富丽堂皇的宫殿里，穿上你华贵的衣袍，我们穷苦百姓遭受的不幸和痛苦跟您一点也扯不上关系。"

"可是，穷人和富人本应该是兄弟手足啊。"少年国王说道。

"对，你说得没错，那个富人兄长名字就叫该隐（这是《圣经》中的人物，富有的该隐杀死了自己的弟弟）。"那人回答。

少年国王听了这一番话，眼睛里噙满泪水，继续骑着马在窸窸窣窣低语的人群中走着。

马带他来到了教堂的门口，守卫士兵将武器对准他吼道："你是什么人？到这里来做什么？今天这里除了国王之外，谁都不能进去！"

他听了这话，感到十分愤怒，大声说道："我就是你们的国王，快让开吧！"说完他将侍卫举起的武器推向一边，大踏步走了进去。

年老的主教看到他身上穿着牧羊人的衣服来到他跟前，吃了一惊，连忙从宝座上起身，走上前去："发生了什么，我的孩子，为什么你不穿上国王的长袍，你的王冠和权杖呢？没有这些东西我该怎么为你加冕啊？今天对你来说应该是个重要的快乐的日子，而不是一个蒙受耻辱的日子。"

少年国王说道："但是我不知道原来快乐是用痛苦来装饰的。"他把晚上做的那三个梦一一讲述给了主教听。

主教听完了少年国王的讲述，眉头皱在了一起，而后他缓缓地说道："我的孩子，像我这个年纪的老人，几乎快要踏入坟墓了，我这一生也看尽了大千世界的许多面目，有些事情的确是极其残酷的，这不能否认。穷凶极恶的土匪从山上跑下来，去村子里抢夺婴儿，然后将他们转手卖给人贩子；狮子们躲藏在草丛之后，伺机撕咬路过的骆驼；野猪闯进庄稼地里踩踏，把所有的庄稼都破坏了；狐狸偷偷进入葡萄园里偷取树上的葡萄；还有海盗在海域横行霸道，随意地烧杀抢劫，把渔民赖以生活的渔船烧掉，把他们的渔网抢走；在盐泽地那头用芦苇秆搭起的小窝棚里居住着麻风病人，没有人愿意靠近他们；大街上的乞丐没有食物，必须跟狗去抢夺面包。面对这些你能怎么办？你会邀请一个乞丐跟你同桌吃饭吗？你愿意跟一个麻风病人同床而眠吗？你会叫野兽听你的话吗？让这一切发生的上帝难道还没有你仁慈智慧吗？所以，我不会为你现在所做的事情感到骄傲，我只要求你现在立刻骑上你的骏马回到宫中，重新穿上你的金丝长袍，当你再回到这里的时候，脸上要露出笑容，那么我将为你进行对国王应做的加冕，为你戴上镶着红宝石的王冠，把镶嵌着珍珠的权杖交到你的手中。而你的那些梦，还是趁早忘掉吧。这世间有那么多的苦难，岂是你一个人可以承受得住的，你的肩膀也无法承担那么多的责任。"

少年国王听了他的话，沉默着走到了基督像的跟前，说道："主教大人，你就在这间屋子里向人们传授这样的道理吗？"说完他跪了下来，跪在基督像跟前。在他面前的桌子两边分别放着贵重的金盆、用来装酒的圣餐杯子和用来装圣油的瓶子，蜡烛发出明亮的光，照着少年国王虔诚的面庞，燃香的烟雾缭绕，晕成一个蓝色的烟圈向上空飘去。少年国王低下头祈祷。

这时候，教堂外面传来了嘈杂的喊叫声，一大群身披铠甲的贵族们手执武器和亮得晃眼的盾牌叫嚣着："国王在哪里？那个做梦的人！""他使我们的国家蒙羞，穿着乞丐衣服的那个人在哪里？我们要用剑刺穿他的喉咙，因为他根本就不配做这个国家的统治者。"

少年国王依旧低着头虔诚地祈祷，祈祷完毕，他站起身转过头看着屋外的那些人，眼睛里流露出悲伤的神色。

啊，神奇的事情发生了！一束阳光透过五彩的玻璃照在他身上，在他身上织成一件金丝长袍，比皇宫里那件特意做成的长袍要美丽一百倍，他头上的野荆棘枯枝上开出比珍珠还要耀眼的百合花和比红宝石更夺目的红玫瑰，那些缠绕的枝条变成了金子，绿色的叶片都全都变成了金叶子。这是一顶举世无双的王冠。

现在少年国王穿着一身国王的长袍，头上戴着他的王冠站在人们面前，用珠宝镶嵌而成的神龛突然打开，圣体匣的水晶上放出异彩，那些圣徒的塑像也似乎动了起来。风琴演奏出动人的歌曲，喇叭吹响，孩子们歌唱圣诗的声音穿透人的灵魂。

人们纷纷跪下，贵族们马上将武器收起来向少年国王行国王的大礼。而主教慌了神，颤颤巍巍地抖动着双手，"啊，我没有资格给他加冕，已经有更伟大的人为他加冕了。"说完他"扑通"一声跪倒在国王面前。

少年国王从祭坛上下来，身穿着神的华服，穿过街道，一直走到了自己的宫殿里，没有一个人敢看他的面容，因为他散发着光芒，像天使一样。

小公主的生日

　　小公主马上就要满十二岁了，今天是她的生日。美丽的花园里阳光明媚。

　　即使像她这样一位真正的公主，一位纯正的西班牙王室的公主，也只能像无数穷人家的孩子一样，一年只过一次生日，没有例外。所以每年到了这一天就是举国上下最隆重的节日了，在她生日的这一天天气应该是晴朗的吧，没错，这一天果然是个阳光灿烂的好天气。花园里的郁金香花高昂着傲慢的头俯视着其他的花儿，美丽的条纹鲜艳夺目，好像在说："看吧，我不比你们任何一个差，我娇艳动人。"扑扇着翅膀翩翩起舞的紫色蝴蝶，每扑打几下翅膀就散落一些金粉，她飞过一朵朵小小的可爱的红花，跟她们打着招呼；墙的裂缝里钻出小蜥蜴，他们悠闲自在地躺着晒晒雪白的肚皮；火红的石榴在太阳下咧开嘴笑着，露出满口红澄澄的牙；似乎连幽暗的走廊上挂着的那一串串淡黄色的柠檬，也浸染了这所有的欢乐气氛，身上染了一层梦幻的色彩；洁白的玉兰花绽放出她巨大的花苞，张开丰满馥郁的大花瓣，把空气里弄得香喷喷的。

　　小公主此刻正和她的玩伴们在阳台上走来走去，他们围绕着石花瓶和满布青苔的铜雕像玩捉迷藏。在平常的日子里，小公主只被允许跟那些身份尊贵的达官显贵的孩子一起玩，所以她常常是孤独的一个人；但是在她生日的这天却可以破例跟平常百姓的孩子们一起玩，国王颁布命令小公主可以邀请任何一个她喜爱的朋友进宫一起玩耍。这些活泼瘦小的西班牙小孩奔跑着欢笑着，不过他们并不会失态，反而打扮优雅。那些男孩子们头上戴着有羽毛装饰的帽子，上身的短外套在空气中飘动起来；女孩们穿着漂亮的绸缎裙子，拖着长长的后摆，她们必须用手提着以免绊倒。她们娇羞地将脸庞躲藏在灰色或者黑色的羽毛扇后面，扇子也为她们遮挡刺眼的阳光。不过小公主在他们所有人当中是最美丽高贵的，她穿着一件锦缎的裙子，裙摆和大大的袖口是用银线绣成的，胸衣的前方排列着许多贵重的珍珠；而她脚上那对绣着粉红色玫瑰花的小鞋子总是在她拖着裙摆来回走动时在裙底若隐若现。她手里拿着珍珠色的纱扇，美丽的发圈精巧地盘在头上，就像一个金黄色的光圈照着那张小小的苍白的脸，上面还戴着一枝雪白的玫瑰花。

　　但是国王的脸上却堆积着消散不去的忧愁，他站在窗户旁看着那些孩子们。站在他身后的他的兄弟，唐·彼得罗，来自阿拉贡省；以及一位忏悔师，坐在他身边的是来自格兰纳达的一位大宗教裁判官。今天，当国王看着眼前的小公主的时候，心里的悲伤比以往还要更多，因为他看到小公主以一种不符合她年纪的严肃，向大臣们行礼，还看到她将脸躲藏在大扇子下面偷偷笑着那位严肃的公爵夫人，这使他突然间想起了已经去世的王后，也就是小公主的亲生母亲，虽然已经过去那么久了，但是对他来说却似乎才发生没多久。那时候，年轻的王后从法兰西刚刚来到西班牙，就在西班牙华美忧郁的宫殿中香消玉殒。当她死去时，小公主出生刚满六个月，她连花园中杏花在第二年盛放的花朵都没有机会看到就早早离开了这个世界。是的，她的生命太短暂了，错过了许多美好的事物。现在那里长满了野草，完全改变了模样。可怜的国王深爱着王后，爱得太深太深了，他甚至连想都不敢想将这个美丽的人儿埋在泥土中，自己从此将再也无法看到她的现实。他找来一个摩尔人，在死去的王后身上涂满香料使她保持原来的模样，而作为回报，国王保住了他的性命。要知道这种行为在宗教看来属于巫术和邪教，所以摩尔人所在的宗教将他判处死刑，但是国王解救了他。于是王后的尸体被安放在宫中一个礼堂的中央，地面铺着冰冷的黑色大理石，她的容貌还跟十二年前那个被死亡笼罩的三月天没有丝毫的改变。国王每月都会有一天，穿上黑色的长袍，手里提着一个发着幽光的灯笼，跪在王后的尸体旁边，悲伤地呼唤着她："我的爱，我的王后！"有的时候，他甚至无法克制住自己，悲痛折磨得他快要发疯的时候，他会不顾礼节地用力抓住王后冷冰冰的手，毫无顾忌地亲吻着她苍白的脸颊，梦想着将她从睡梦中唤醒。

今天当他看着小公主的时候，仿佛再一次看见了王后活着时候的模样，跟他第一次在巴黎的枫丹白露宫中见到她时最初的容颜一模一样。那时的她像一朵初次绽放的花蕊一样娇嫩明媚，那年他还十分年轻，只有十五岁。他们在那个时候订婚了，婚礼十分隆重盛大，几乎所有国王王室的贵族和大臣，罗马教皇派出的使节都纷纷前往出席。订婚结束之后，年轻的国王带着一小束金发出发返回自己的西班牙皇宫，他坐在马车里脑子里想的全都是那个可爱女孩的面容，想着她是怎样在他上马车之前用两片稚嫩的嘴唇亲吻着他的手。婚礼是在浦尔格斯举行的，远没有订婚时那样场面盛大，那里是两国相交处的一个小城市。他是多么爱她啊，令人无法想象的爱，国家里的很多人甚至认为就是因为这个女人，使他们的国家几近毁灭。这是因为他们结婚没多久，正值西班牙与英国为争夺世界霸主国家的地位而战，但是刚刚结婚的国王却一步也不愿意离开新婚的妻子，他要每时每刻待在她的身边，忘记了一切国家大事。为了取悦她，逗她开心，为她赢得至高无上的尊重，国王制定了繁琐的礼节。让他万万没想到的是，他的爱太过炽烈，反而冲昏了他的头脑，他为她做的那些反而加重了她本来就容易郁结的怪病。她死后，年轻的国王就如同发了疯一般，如果不是因为小公主太过年幼，他必须要保护她的安全，避免受到自己凶残的兄弟的伤害，他会打定主意放弃王位进入寺庙里修行。的确，他必须要留下来保护他和王后唯一的女儿，他的兄弟在西班牙因冷血残忍而远近闻名。甚至有传言说年轻的王后的死跟他也脱不了干系，据说王后去往他所在的领地阿拉贡的城堡做客的时候，他将一副浸染了剧毒的手套送给了她。国王对王后的爱是久远而深沉的，他下令全国为王后守丧三年，倘若有大臣提起续弦的事他就会立刻恼怒地走掉；甚至连神圣的罗马帝国皇帝亲自向他提出要将自己的亲侄女许配给他都被他拒绝了。那是一个可爱的波西米亚郡主，但是他却派去使节告诉他们他不会再跟任何人结婚，因为他已经与悲伤结婚了，他爱他的妻子胜过世间万物，尽管她已经死去了，但这丝毫不会影响到他的爱。当然，在失去这桩好婚姻的同时，也使他的国家失去了富饶的尼德兰诸省，恼羞成怒的罗马帝国皇帝后来鼓动这些地区的人民造反，使国王损失惨重。

当他今天看着小公主玩耍笑闹的情景，他的整个爱情和婚姻一幕幕在他脑海中闪现，那是一段快乐炽烈的爱恋，而后伴随的却是长久的忧伤和悲痛。小公主简直跟王后年轻的时候一个样，她们拥有相同的可爱的傲慢的举止，她们摆头的动作也任性得如出一辙，当然在容貌上也是惊人的相似，一样的俏皮上翘的嘴唇，一样甜蜜动人的笑容。美丽的小公主眼睛不时望向窗外，时而伸出白嫩的小手让绅士们俯身亲吻。孩子们嬉戏打闹的笑声刺激着他的耳朵，阳光太过明媚，似乎在嘲讽着他的忧伤。这时从大厅里飘来一阵奇怪阴冷的香料的味道，那是从尸体身上散发出来的味道，似乎将这早晨清新的空气染上了脏物。或许这根本就是他幻想出来的，他垂下头将整张脸埋在手心里，当小公主再一次抬起头望向窗户这边时，窗帘已经被拉下来，而国王的身影也消失不见了。

她有些不太高兴，失望地嘬了嘬嘴，他是她唯一的最爱的父亲，难道不该在她过生日的这天和她在一起吗？那些愚蠢的国家事务有什么好处理的，难道他又到那个阴森森的礼堂去了吗？她从来都不被允许进入那里面。今天天气那么好，大家又都玩得好开心，他却要离开，真是太可惜了。因为马上就要开始一场精彩的人扮演的斗牛大赛，宣告比赛开始的号角已经吹响了，当然还有别的许多精彩的节目，譬如木偶戏。小公主的叔父和主教大人倒是挺体贴的，他们特地走到阳台上去向她问候，并说了许多美妙的祝贺词。她因此又将可爱的头仰得高高的，一只手拉着唐·彼得罗的手，优雅地走下台阶，缓缓地向立在花园另一头的用紫绸编织而成的长长的亭廊走去，而其余的孩子则规矩地跟在她后面。

斗牛表演马上就要进行了，一列由贵族男孩子打扮成的斗牛士出来迎接她，一个十四岁的美少年，年轻的新地伯爵，恭敬优雅地向她鞠躬并行脱帽礼，同时非常郑重地将她领到观看斗牛表演最中央的看台，那里放着一把装饰着象牙的椅子，是专门为小公主准备的。其余的孩子则围成一个圈坐在她的周围，他们或者低声交谈着，或者轻轻摇着手里的扇子。唐·彼得罗和大宗教裁判官脸上带着笑容站在一旁看着，还有那位女伯爵，一副干瘦的身板，长着一张阴晴不定的黄脸，平日里向来不苟言笑的她今天不知怎的，难得脸上浮现出一丝冷冰冰的笑意，她那苍白干枯的嘴唇也不由得向上抽动了一下。

斗牛赛可真是精彩万分，小公主认为它的精彩程度远远不比一场真正的斗牛大赛差。她曾经被带去塞维尔看过一场真的斗牛赛，所以她知道。这时，一群男孩子身穿着装饰得鲜艳华丽的马皮衣服在圈子里不停地奔跑着，他们手里挥舞着顶端绑着彩带的长矛；接着又来了一群男孩子，他们走到假牛的面前，手里抖动着猩红色的布，而当假牛朝红布冲过来的时候，他们就轻松地一跃，跳过栅栏。再来看看假牛吧，它虽然是用柳树枝撑住牛皮做成的，却非常生动活泼，简直跟真牛一样灵活，有的时候它甚至还会生气地用后蹄刨地，然后仅用后脚绕着圈子不停地奔跑，怕是真的牛都做不来呢。看台上的孩子们看得开心极了，他们每过一会儿就兴高采烈地拍手大叫，站起来身来大喊，女孩子们则用力挥舞着手绢，"真棒，太精彩了！"就跟成年人观看真的斗牛赛一样。比赛渐渐进入白热化，到了最后，好几只假牛被戳倒在地，那位新地伯爵扮演的斗牛士将一只按倒在地上，然后他向小公主请求让他给牛最后致命的一击。得到了小公主的允许后，他用力地将木剑刺向牛，但是由于他用力过猛，一不小心把牛头给弄下来了，这下大家都笑起来，原来躲在牛身里面的是马德里大使的儿子啊。

比赛结束了，大家热烈地给他们鼓掌。仆人们很快将场地清扫出来，两个高大的身穿黄黑制服的侍卫一脸庄严地将那些"死去"的牛拖走，因为下面还有许多节目要进行。当中还进行了一个小小的节目，是由一位法国的走绳索大师在一根绳子上表演的走绳索，紧张有趣。然后是表演木偶戏的时间，他们特意为这场表演布置了一个小小的戏台，接着上演了一出动人心弦的悲剧《索福尼西巴》。他们表演得那么好那么悲情，虽然只是木偶在演出，却一点都不显得刻板。这出戏结束的时候，小公主受到了深深的感动，她的眼睛里噙满了泪水，还有好多其他的孩子也哭了，停都停不下来，大人们只好给他们糖果来逗他们开心。就连大宗教裁判官也受到了很大的触动，他忍不住对身边的唐·彼得罗说："尽管这些人偶和道具只是在木头上涂上五彩的颜色，身上连接着许多丝线，由人来操控完成表演的，却依然能够将悲剧表演得刻骨铭心，充满感情，实在是太了不起了。"

　　下面的一个节目是非洲人表演戏法。只见深色皮肤的非洲人手里拿着一个大大的扁平的篮子来到中间，上面盖着一块红布，等到他放好篮子之后，从他头上围着的头巾里抽出一根细长的芦管吹了起来。大家屏息看着那块红布，慢慢地红布底下有了动静，随着吹的声音越来越急促尖利，红布动得越来越厉害，忽然，两条浑身金绿色的蛇从红布底下探出了两个小小的呈三角形的头来，而且越伸越高，还伴随着音乐声，摇晃着身躯和脑袋，就像两根长在水底的浮游植物，自在地摇摆着。孩子们起先觉得新奇，后面他们看到蛇那弯曲柔软的身躯和吐出的红信子，反倒害怕了起来。不过很快他们又重新欢乐起来，因为非洲的变戏法大师在沙地上变出了一棵可爱的橘子树，橘子树由小变大，慢慢地在枝叶间开出朵朵雪白的小花，并很快长出一个个圆润甜蜜的果实。接着，这位戏法大师又拿过一位小姐手里的蓝色扇子，一眨眼的工夫就把它变成了一只蓝色的鸟儿，它忽地一下飞走了，在走廊里来回飞着，还鸣唱着动人的曲调，大家都惊奇地叫喊起来。一群来自纽斯特拉斯圣母院礼拜堂跳舞班的男孩表演了庄严高雅的舞蹈，也赢得了大家的喜爱。小公主以前从没有看过这样子的舞蹈，这种神圣的舞蹈表演以前从没有进入过王室，它是专门在圣母大祭坛前面为庆祝圣母而起舞的。传说中，有一个发了疯的教士在一块圣饼里面放了毒药，想毒死西班牙的太子，接着西班牙王室发誓再也不会进入教堂。小公主今天终于亲眼看见了这种神圣美丽的舞蹈，她开心极了。这些跳舞班的男孩子们每个人都穿着一样的白色的天鹅绒宫廷服饰，头上三角形的帽子上插着长长的鸵鸟毛，当金色的阳光照在他们身上，白色更加衬托出了他们黝黑的皮肤和极富气质的黑色头发，两者完美地结合在一起，看起来赏心悦目。几乎每个人都被他们的一举一动深深地吸引住了，每一个舞步、每一个手的动作都带着圣洁和尊贵，是那样优雅得体。结束的时候，他们微微躬身向小公主致意，她谦恭有礼地回礼，并许下承诺，为了回报他们给她带来那么大的欢愉，她要为圣母的神坛送去一只大蜡烛。

接下来的节目是卜普赛人的弹琴表演。一队吉普赛人手拿着弦琴走进场地中央，他们围成一个圆圈，盘腿坐了下来，剩下的一些人扭动腰肢或者唱起曲子，缥缈悠扬的歌声仿佛来自遥远的梦乡。不过当表演者看到观众席上的唐·彼得罗时脸上露出恐怖的神色，因为就在几个礼拜之前，唐·彼得罗说他们的两个族人到处实行妖术，把他们当着许多人的面绞死了。但是当他们看到美丽的小公主时，慢慢又平静了下来，她那双楚楚动人的蓝色大眼睛正从扇子的后面，聚精会神地看着他们。这么可爱美丽的人儿绝对不会像其他人一样残忍冷血的，所以他们又继续安静地用长长的手指拨弄着琴弦，琴音缓缓流动，大家都沉浸在这种宁静祥和之中。这时突然间响起一阵刺耳的声响，把孩子们吓了一大跳，唐·彼得罗也受到了惊吓，他赶紧将手放在腰间的剑柄上，准备随时护驾，不过这原来是虚惊一场。只见刚刚坐在地上弹琴的吉普赛人突然站起身来，围着圆圈欢快地跳起舞来，还不停地敲打着腰鼓，发出有节奏的"咚咚"声，与此同时他们用极具特色的嗓音唱起了奔放的歌曲。一声信号发出，他们顿时又突然趴倒在地上，一动都不动。大家又是一头雾水，感到迷惑极了，四周一片寂静，只有几声单调的琴音响动。于是他们又反复进行了几次之后，退出场地。当他们再次回来的时候，牵来了一头毛茸茸的大棕熊，还有几只小猴子坐在他们的肩膀上。大棕熊能够表演倒立，小猴子们则跟两个吉普赛小男孩表演着各种逗人发笑的小把戏，它们甚至还能模仿士兵的模样，举起长矛和宝剑做出战斗的样子，把大家引得哈哈大笑。吉普赛人的表演非常成功，小公主和其他人都感到很满意。

不过在所有的节目当中，最精彩最有意思的还是小矮人表演的舞蹈。他长得怪模怪样的，一双弯曲畸形的腿，窄窄的肩膀上顶着一颗变形的比例失调的大脑袋，所以当他走路的时候，步履蹒跚而且脑袋可笑地摇来晃去。孩子们看到他走路的模样就忍不住大笑起来，小公主也不例外，由于她笑得太厉害，那位管礼仪的女官不时向她投去不满的目光。尽管去年这位小公主在跟她身份相等的人面前哭过那么几次，这也没什么，不过在比她身份低微得多的人面前这样放肆地大笑可是没有过的呀。这也没有办法，谁叫那个小矮人那么容易引人发笑呢！就算是身在王族，常年生活在宫廷里面，也没有见过这么奇形怪状的小人儿呀。没错，以前人们也没怎么见过，这还是他第一次出来表演，因为他昨天才被人们在一个树林里发现。当时他正在傻里傻气地瞎晃悠，正好有两个皇室贵族在那儿打猎，他们发现了他，决定把他带回宫里作为献给小公主生日的一件礼物。当他们征询小矮人的父亲，能不能将他带走时，他的父亲满心欢喜。作为一个贫穷的烧炭工，能够摆脱这个又丑又没用的儿子对他来说是再好也没有了，而且他们承诺给他一笔钱，这不是天上掉馅饼的事儿吗！不过真正有趣的是，小矮人对自己的丑陋却一无所知，他看起来是那么无忧无虑，脸上挂着纯真的笑。所以他看到小公主和那些孩子们笑得那么开心，他也跟着笑起来。他跳了许多支舞，每支结束的时候，他就向孩子们鞠一个滑稽的躬，引得他们又笑起来。他觉得他们朝他这样无拘无束地笑，仿佛是把他当成他们当中的一分子了，而不是上帝造出来的一个用来逗人取乐的小怪物。而对于小公主，小矮人已经深深地爱上了她，他的眼睛一刻也无法从她身上移开，他在跳舞的时候，满心里只为她一个人跳。演出结束了，小公主回想起自己以前见过宫廷中的贵族妇女，在看完著名的意大利男高音加法奈里的表演后，向舞台上抛掷花束的情景，想到这里，小公主便将戴在头上的那朵白玫瑰花，带着狡猾的笑掷向了小矮人。一半的原因是出于好玩，还有就是为了故意气那位礼仪官女士。不过在小矮人看来，当公主把玫瑰花掷向他的时候，脸上的笑容甜蜜极了。小矮人感到欣喜若狂，他用粗糙干裂的嘴唇亲吻着玫瑰花的花瓣，一只手放在胸口，朝小公主跪下来鞠躬，快乐得像只鸟儿，小小的眼睛里散发着狂喜的光芒。

小公主一直在大笑，甚至超出了她应该遵守的礼仪范围，不过她哪管这些，还一再表示希望小矮人能够再表演一次舞蹈。这个要求得到了女礼仪官的反对，她说现在时间已经不早了，太阳已经升上了最高处，天气有点太热了，此刻宫殿里已经为小公主准备了丰盛的宴席，她最好还是马上回到里面去，餐桌上摆着一个美丽的大蛋糕，上面用彩色的糖果显示着她的名字，顶端还插着一面小巧的银旗子。小公主只好站起身来，她优雅地向新地伯爵表示出谢意，感谢他为她带来的精彩表演，同时她说希望在宴席结束之后小矮人还能再回来为她跳舞。于是她一只手提着裙摆，缓缓地离开看台往回走，其余的孩子再一次规矩地依次跟在她的身后。

在小矮人听说了小公主亲自要求他再去为她表演一次的

时候，他高兴得快发疯了，同时又感到十分骄傲。他欢快地
跑到花园里去，如痴如醉地亲吻着那朵赏赐给他的白玫瑰
花，因为兴奋还做出许多愚蠢滑稽的动作，那使他看起来更
加可笑丑陋。花园里美丽的花儿们看到来了这么一个难看的
小怪物，还做出粗鲁无礼的动作，蹦跳着，挥舞着双臂，她
们感觉受到了羞辱而十分生气。

"这个难看的怪物到底是谁呀？为什么会允许他到这里
来？"一朵高大的郁金香说道。

"他应该去吃点什么药，然后安安静静地睡上一千年，
好叫他不要到处乱跑，惹人心烦！"说话的是一朵红色的百
合花。她们可真是气极了。

"他长得真是太吓人了，怎么会有人长成这个样子呢？"
仙人掌喊道，"你们看他个子那么矮小，四肢又粗又短，可
是头却大得要命，我厌恶他，他要是敢靠近我，我会毫不犹
豫地让他尝尝我的刺！"

"啊，可是，他却得到了一朵最娇美的白玫瑰花啊，"一
棵白玫瑰花树沮丧地说，"他手里的那朵白玫瑰花是我最美
丽的孩子，今天早上我把她献给亲爱的小公主，让她戴在头
上，这是无上的荣耀，但是那个窃贼却偷走了她，把她捏在
他肮脏丑陋的手里。"说着她突然大叫起来，"小偷！那是个
小偷！小偷！"

是的，几乎这里所有的花儿都厌恶他。我们知道在花草

当中也有高低贵贱之分，就连平日里性格内向的红色风露草也卷起自己的叶瓣，表示出自己的不屑。不过在所有的花儿当中也有些没有那么激进，比如紫罗兰就认为他其实没有那么糟糕，只是模样丑陋了一些；风露草也说不能因为一个人天生的缺陷而去恶意地嘲讽他。有些紫罗兰认为小矮人的丑陋是他自己刻意装扮出来的，既然已经如此不幸了，为什么不摆出一副满脸愁容的样子呢？或者忧郁地作出思考状也会好很多，可他却偏偏要欢天喜地，无忧无虑的，真是叫人看了心烦。

在这花园里还有老日晷，可千万不能忽视他的存在，他的身份尊贵，在查理五世的时代他就得到了国王的恩宠，每天为他报告时间。当他看到小矮人的样子的时候，也被他的丑陋震惊了，有那么两分钟时间，他甚至静止下来忘记走时间了。他对一只站在大栅栏上晒太阳的白孔雀说道："龙生龙，凤生凤，国王的孩子将来也是国王，而烧炭工的孩子将来就只能烧炭，世上的事情就是这样子，无法改变。"孔雀认为他说得非常有道理，用粗大洪亮的声音答道："没错，没错！"由于声音太过响亮，连远处喷水池里的金鱼也受到了惊吓，她们将头探出水面四处张望，想知道到底发生了什么事情。

就算没有人喜欢小矮人，至少鸟儿们喜爱他。当小矮人还住在树林里的时候，他们就常常在林子里看到他快活地奔跑着，就像个可爱的小精灵追逐着飘落的树叶；或者他们看到他蹲在老树的洞口，与松鼠们分享他的坚果，他们不在乎他的容貌是美丽还是丑陋。的确，你看那些树林里夜间歌唱的夜莺，她们的歌喉那么甜美，歌声让人心醉，就连月亮也被吸引，弯下腰来细细地聆听，而夜莺嘛，也没有美到哪里去啊。而且，小矮人非常善良，他对每一个人都那么友好。当冬天到来的时候，寒冬把一切都冰封起来了，树上再也找不到一颗坚果，地面也被冻得硬邦邦的，山里也没有食物，狼群不得不从山上下来，冒险去城镇里寻找食物。就算在这样恶劣的时候，小矮人都没有忘记那些树林里的小动物，他把自己原本就少得可怜的早餐——一点儿黑面包省下来分给他们吃。

现在鸟儿绕着他不停地飞着，时而将自己柔软的翅膀抚摸着他的脸庞，说着友好热情的话语。小矮人感到更加快乐了。他抑制不住自己喜悦的心情，将胸口那朵白玫瑰花拿出来给他们看，并告诉他们这是美丽尊贵的小公主亲自送给他的，这是她对他袒露的爱情。

不过鸟儿们尽管看起来聪明伶俐，他们歪着头倾听着思索着，好像完全能明白他的心意和喜悦，并对此有自己的一番见解，实际上却完全听不懂小矮人的话，但这又有什么关系呢，只要他高兴就好。

这个花园里还有喜欢他的动物，那就是小蜥蜴。当小矮人奔跑得太欢愉，以致再也跑不动了、躺倒在草地上休息的时候，小蜥蜴们便纷纷跑过来，在他身上爬来爬去，和他玩游戏。"唉，这个世界就是这么现实，并不是每个人都能长得像蜥蜴这样漂亮的，这是不能强求的，不过这个小矮人也并不算长得十分丑陋嘛，只要你闭上自己的眼睛不要去看他就可以了。"蜥蜴们说道。他们是最有哲学家派头的，要是碰上下雨天或者不能出门的日子，他们能一个人静静地一连待上好几个小时，思考着人生的大问题。

花儿们对蜥蜴这样的行为表示出了担忧，也不赞同鸟儿们对小矮人的态度，她们摆出一副教育人的腔调说，"他们老是这样四处闲逛，太好动往往不是什么好事情，太粗俗了，哪像我们这些有教养的人，从来不会降低自己的身份去做这些没有格调的事情，我们总是这样安静得体地站在同一个地方。你难道见过一朵花在花园里或者别的什么地方又跑又跳的吗？去草丛里追蜻蜓、捕蝴蝶什么的吗？真是太疯狂了。当我们想换个环境、换个心情的时候，我们会把园丁喊来，把我们挪去另一个花坛里安静地待着。这是件非常神圣的事情，就像举行某种仪式，这是非常恰当的做法。而蜥蜴或者鸟儿嘛，他们只能算是动物界的吉普赛人了，到处流浪，四海为家，身份低贱，他们就该享受与他们身份相匹配的待遇。"花儿们一向都是这样傲慢的，她们看人的时候也是一副高高在上的表情。这会儿她们就是这样看着小矮人从草地上爬起来，往小公主所在的阳台那里走去。

小矮人才不在乎花儿们的看法，或者说他也没法知道这些。他喜欢小鸟也喜欢蜥蜴，而且他也喜欢花儿，在他看来每一朵花都美丽极了，简直是这个世界上最好看的东西，当然除了小公主。小公主爱他，她给了他那朵象征着纯洁的爱情的白玫瑰花，一想到这个，他就喜悦万分。他心里有许多的渴望，他要带着小公主到他最爱的树林里去，那时，小公主就坐在他的身边，对着他微笑，他们在一起快乐地玩耍，他懂得许多非常有意思的把戏，可以把她逗得发笑，停都停不下来；他那么爱她，甚至一想到她有可能会离开就无法忍受。的确，小矮人会的东西真是很多，他会用灯芯草编出一个小笼子来，这样就可以把蚱蜢关进里面，让它唱出响亮悦耳的歌声。他还能将细细的竹子做成笛子，并吹奏出悠扬婉转的曲子。他对每一种鸟儿都非常熟悉，能够准确无误地唤出它们的名字，把它们从树上邀请下来，还有水边的苍鹭。他能够分辨出所有动物的脚印，就算只跟着野兔子留下的浅浅的脚印，他也能找到它们；只凭着被踩踏过的树叶的痕迹他就能把棕熊找到。他了解各种各样风的舞蹈，有披着红色舞衣的秋天里的狂舞，还有穿着蓝色草鞋在金黄的稻谷上飘过的轻舞，有在冬天里头戴雪帽子的舞蹈，还有在春天果园上空的起舞。他熟知斑鸠鸟在什么地方筑巢，有那么一次，斑鸠妈妈被猎人捉去了，年幼的小斑鸠没有了依靠，他就亲自去照顾它们，还在一棵被砍掉了的榆树墩的裂缝里给它们造了一个新家。鸟宝宝们很喜欢小矮人，甚至把他当成是自己的父亲，它们乖乖地啄食小矮人放在手心里的食物。啊，我的小公主一定会喜欢这些毛茸茸的小家伙的，她一定也会喜欢那些长耳朵的灰野兔，它们在茂盛的凤尾草丛里欢蹦乱跳。还有骨碌滚一个圈就把自己变成一个刺球的刺猬，慢吞吞的大智龟会摇晃自己的大脑袋，还会细细地咀嚼鲜嫩的树叶。

他多么希望小公主能够马上就跟他一起回到树林里去啊！他将把自己柔软的小床让给她睡，为了不让树林里的野兽们吓着她或者伤害到她，他将彻夜不眠地守在她的门外，保护着她。当晨曦将一束淡黄色的光照在小公主的身上，他将会轻轻敲打窗户，将她从睡梦中唤醒，他们要一起到树林子里去玩，去奔跑，去跳上一整天的舞。那里她不会感到一点寂寞的，那里有好多好玩的东西，怎么玩都玩不够呢。树林里除了动物也能看到人从这里经过，有的时候主教大人会骑着马从这里穿行而过，他一边坐在马背上轻微地晃动着身躯，一边还入迷地看着手中的书本，上面常常带着图画的那种。或者有的时候，捕鹰人戴着他们的绿绒帽从这里走过，他们的手背上或者肩膀上则站着一只被黑布蒙住的鹰。到了葡萄成熟的季节，采葡萄的人头上戴着常青藤编成的花冠，浑身上下都是紫色的，他们手里拿着一个编织袋从这里走过。到了晚上，烧炭工围坐在火堆旁边，静静地看着柴火燃烧起黄色的火焰，将栗子埋在烧热的灰里烘烤。除了这些平常的人，有时候强盗也会出现在那里，他们从山上下来找点乐子。有一次小矮人看到有一群人排着长长的整齐的队伍在路上走，朝托列多的方向而去。说实在的，那片树林里真是很有看头呢。要是小公主感到累了，他会给她找一个长满了青苔的软绵绵的海滩，让她可以舒服地躺在上面休息，要是她走到一半的时候走不动了，那么他就会好好搀扶着她，尽管他知道自己个头不高，但是力气倒不小，他觉得自己是个强壮的男孩。他会用亮红色的蔓草果给她做一条甜甜的红玛瑙项链，不输给她身上佩戴的雪白的珍珠；要是她厌倦了，那么他就把它扔了，再给她做别的，只要是她喜欢的。他会为她捉来一闪一闪的萤火虫，当它们在她淡黄色的长发里闪烁的时候，就像无数的小星星。

但是，美丽的小公主她现在在什么地方呢？他问他的白玫瑰花，但是白玫瑰花无法回答他这个问题。现在整个皇宫好像沉浸在睡梦中一样，只要是有窗户的地方，都被拉下了百叶窗或者遮挡着厚厚的窗帘布，一丝光都透不进去。小矮人四处看着瞧着，想找到一个入口进去，终于他看到一个开着的小门，很快就溜了进去。进到里面之后，他发现自己站在一个金碧辉煌的大厅里，这比在树林里要豪华得多，好像每个地方都能发出亮闪闪的金光，地板是用五颜六色的大理石铺成的，这儿没有小公主的身影，几个雪白的塑像立在绿宝石的座子上低着头看着他，从他们的眼神中透露出悲伤和怜悯，而嘴角却挂着似笑非笑的微笑。

这个大厅大得吓人，看到底能够看到挂在墙上的黑色天鹅绒帷幔，上面的图案是太阳和星星，这是国王非常喜欢的样子，它看上去精致极了，小公主会不会就躲在那个帷幔的后面呢？有可能，所以小矮人决定去那儿看一看。

没有，小公主不在那里，黑色帷幔的后面只不过是另一个房间而已，只是这间房比刚刚的大厅似乎还要美丽。四周的墙壁上挂满了绿色的挂毯。挂毯上的图案是狩猎图，这幅画由好几个有名的艺术家花了整整七年的时间才完成。这个房间之所以布置成这样，是因为它原本属于一个叫傻约翰的国王，那个国王对打猎极其痴迷，他后来精神错乱了，当他看着墙上的画的时候，在他的脑袋里总是闪现出一幅幅逼真的狩猎的场景，自己骑在一匹高大的骏马身上，威武地俯身拖起一头被猎狗围攻的鹿；他高昂着头将号角吹响，手里握着短剑去追逐一头母鹿。随着他的时代逝去，现在这个房间被改成了会议厅，屋子正中央放着一张会议用的圆桌，上面摆放着许多大臣们送来的文件。小矮人待在这间屋子里，感到浑身不自在，又有点儿害怕，他不敢看墙上的那些画，画面中的那些骑着马穿过草地的幽暗身影看起来像极了烧炭工们常常说起的鬼影子。不过他一想到心爱的小公主，勇气回来了，他祈求着小公主此刻是一个人待着，这样的话他就能靠近她，向她亲口说出自己对她的爱。再往前走吧，也许她现在就在隔壁的房间里呢。

于是他接着往前走，打开通往下一个房间的门，没有，她还是不在那里。这个房间里也是空空的没有一个人。这个房间是用来接见外国使者的，不过这种事情已经不那么经常发生了，这间屋子曾经还接见过英国女王呢。这里的帷幔跟前面两间有些不同，它们是用镀金的皮革制成的，黑白相间的天花板上垂挂着一个巨大的镀金烛台，非常气派，上面可以同时点燃三百根蜡烛。屋子前端放着国王的宝座，上面铺着黑色的天鹅绒罩子，罩子用银线绣出郁金香，旁边还装饰着珍珠做成的穗子。宝座的上方是一个巨大的华盖，闪着金色的光芒，上面用珍珠做出狮子和卡斯特尔城堡的图案，尽显皇室的威严华贵。在宝座的下方则放着小公主的跪凳，凳子上铺着银线装饰的垫子。接下来就是教皇使节坐的椅子了，这位大人是非常尊贵的，只有他才能够在重大的典礼举行时坐在国王的身边。

只是小矮人对眼前这些精致秀美的东西都不放在眼里，如果要他用手里的这朵白玫瑰去交换那些金银珠宝，他是绝对不会愿意的，就算仅用一片小小的花瓣就能换来国王的宝座，他也会嗤之以鼻。他心心念念的就是能够见到小公主，在为她表演完跳舞之后，拉着她的手一起回到树林去。他不喜欢皇宫里的空气，沉闷乏味，让人昏昏欲睡，哪有树林里的空气清新自由。阳光在晨风中轻舞，金灿灿的手臂拨弄着树叶，树林里的鲜花也许比不上皇宫花园里的那么娇艳动人，但她们怕羞地低着头，散发出阵阵幽香，真是醉人。青山褪去白衣裳露出可爱的绿色，风信子爬满山坡，一阵温暖的风吹来，便荡漾起层层浪漫的紫色的浪；橡树被鹅黄色的樱草花缠绕着，榛树顶是雪白的，像散布着无数星星，还有山楂树。啊，她一定会喜欢的，她会愿意跟他一起回去，只要他找到她，跟她表明心意。一想到这里小矮人的眼睛里便闪着亮光，他微笑着继续朝前走。

现在他来到了一间明亮的房间里，这是所有房间中最漂亮的一间了，雪白的墙壁上挂满了闪着光泽的意大利绸缎，上面绣着淡红色的花朵和鸟儿的图案。里面的家具都是纯银做的，上面镶嵌着美丽的花环和可以转动的小小爱神，地板是海绿色的玛瑙铺成的，深邃神秘，绵延伸向远方，而在壁炉的前面还摆放着一个高大的屏风，上面绣着鹏鸟和绚丽的孔雀。一如之前那么奢华，唯一不同的是这儿除了他之外，还有另外一个人也在。当他看向房间的另一边时，看到在门道的阴影下面站着一个小小的黑影子，正在看着他呢。小矮人感到心头颤动了一下，他叫了一声然后一下子奔跑着冲进阳光里，那个小人影也做了和他一模一样的动作，真是奇怪，当他靠近的时候，终于把他看得清清楚楚了。

天哪，那个人实在是太恐怖了！长得又丑陋又奇怪，他从来没有见过这么可怕的人。他的样子简直太奇怪了，跟平常人完全不一样，个子矮小，还驼着背，两条腿畸形地弯曲着，窄小的肩膀上顶着一颗摇来晃去的大脑袋，上面还长着一丛难看的杂草般的头发。小矮人看着他皱起了眉头，里面的人也跟着皱起眉头，他将两手叉在腰间，里面的人也这样做了。他带着嘲笑向他鞠了一个躬，那个小怪物也对他鞠了一个躬；他如果向他走去，那么他也朝他走过来。他惊讶地叫起来，朝他挥动着手臂，而对面的小怪物也是这样做的。可是，当他愤怒地再往前走的时候，一块滑溜溜冷冰冰的东西贴住了他的脸，使他再也不能往前进了。而那个丑陋的小怪物离他那么近，他们几乎是脸贴着脸，上面流露出深深的恐惧。啊，这到底是什么东西啊？小矮人感到困惑极了，他朝四周看着，抓着脑袋想着，却怎么也想不明白。他再仔细往那里面看，无论什么东西，只要透过那东西都能映出一个一模一样的来，挂在墙壁上的画儿、一把睡椅，还有站在门口的两尊睡牧神的石像，就连那位沐浴着阳光的银维纳斯雕像也有个一样的双胞胎姐妹在里面。

这到底是什么东西啊？他依旧不知道答案，直到他从怀里拿出了那朵美丽的白玫瑰花，他低下头亲吻着她的花瓣，可怕的事情发生了，那里面的那个怪物竟然也有一朵一模一样的白玫瑰花，她们的花瓣也是一样的，而他也在亲吻她呢！就跟他自己亲吻的动作一个样儿。这时他愣住了，然后发出了一声撕心裂肺的尖叫声，然后趴在地上失声痛哭起来。是的，他现在终于明白了，那里面的怪物就是他自己。他也终于明白了那么多人对着他哈哈大笑，是怎样的一种笑了。那位他深爱着的小公主，他以为她爱他，原来也只不过是和其他人一样在嘲笑他的丑陋和愚蠢。这些人为什么可以这么残酷，他们为什么要把他从可爱的树林里带走？树林里至少没有镜子，没人将他的丑陋告诉过他啊。为什么他的父亲没有在他出生的时候就把他丢弃，却偏偏要将他的丑陋卖给别人呢？大颗大颗的眼泪从他的眼睛里滚落下来，他将那朵白玫瑰花撕成了碎片。而镜子里面的那个怪物呢，它也是这样做的，还将雪白的花瓣往空中抛去。它在地上爬向前去，他看着它爬着，而它也回看着他，他们同时皱起眉头痛苦地望着彼此。他再也不想看到它了，他扭过头用双手将眼睛捂起来，就像一只受了重伤的野兽，一步一步呻吟着向黑暗中走去……

而此刻小公主在做什么呢？她被男孩女孩簇拥着从一扇打开的落地门里走进来，他们看到有个奇怪的小东西躺在地上，他们马上认出这就是上午表演跳舞的小矮人。当他们看到这个小东西趴在地上，哀号着用拳头痛苦地捶打着地板的时候，全都被逗得哈哈大笑，还围着他叽叽喳喳嘲讽着。

"我喜欢他跳的舞，"小公主说道，"而且他的演技也非常不错，简直跟木偶戏表演差不多好呢，只是还需要再练练就能显得更自然。"小公主说完将脸藏到大扇子后面笑起来。

只是，小矮人却再也没有抬起头，他的哭泣声越来越微弱，忽然之间，他的喉咙里发出奇怪的喘息声，抽动了一下身体，脑袋垂下来就再也没有动了。

"真好玩，"小公主拍着手说道，"现在站起身来吧，表演舞蹈的时间到了。"

可是小矮人还是安静地躺在地上一动也不动。

小公主生气了，她跺着脚喊她的叔父："我的这个小矮人好奇怪，他不愿意站起来给我们表演跳舞，你快帮我把他喊起来，我想看他跳舞呢。"

叔父和唐·彼得罗在一起散着步，他们听到小公主的抱怨，笑嘻嘻地走过来。唐·彼得罗弯下腰用他的麛皮手套拍打着小矮人的脸："喂，快醒醒，你该起来给我们的小公主表演节目了！喂，小怪物，你得讨我们的小公主开心才是！"

但是小矮人依旧一动都不动。

"应该找人来好好给他一顿鞭子！"唐·彼得罗愤怒地说着走开了。一位宫廷大臣来到小矮人的身旁，将手按在他的胸口，叹了口气。大臣来到小公主面前，鞠了一个躬，说："美丽的公主殿下，我想您的那位小矮人恐怕以后都不能再为您跳舞了。"

"这是为什么呢？"她笑着问道。

“因为他的心已经碎了。”

小公主皱了皱眉头，噘起了她玫瑰花瓣那样漂亮的嘴唇，“那么以后如果再找人来逗我开心，得找个没有心的人才行。”说完她就跑进花园里去玩了。

星　孩

　　很久以前，那是一个冬季寒冷的夜晚，在一片大松林里，两个穷苦的农夫正在不停地赶路。路真难走啊，地上都是厚厚的积雪，树枝上都包裹着雪晶，当他们从中间穿行而过的时候，时常有小树枝经受不住积雪的重量，噼噼啪啪地断裂。他们走过瀑布的时候，眼前是一幅神奇的美妙的景观：那些白得发亮的霜在空中凝结了！一定是冰雪女王用她冰冷的嘴唇亲吻了它。

　　真是难熬的一夜啊，不要说是人，就连鸟兽可能都受不了呢。

　　"呜噢！"狼嚎叫了一声，就夹着尾巴钻进一个灌木丛里去了，他被冷坏了，"真是倒霉！谁能想到这个鬼天气会这么冷呢？当局难道不该负起责任管管这事儿吗？"

"噢！噢！噢！"树上站着一只绿色的梅花雀，他叫道："年老的地球已经死去了，她现在身上正盖着白色的寿衣。"

"不对，那不是寿衣，应该是地球要嫁人了，披上了白色的婚纱才是！"一群斑鸠交头接耳地说。尽管他们的小红脚已经冻僵了，但他们还是觉得要用乐观浪漫的方式来看待这个世界。

"这是错的！"狼咆哮着吼道，"要怪就要怪到当局头上，哼，要是你们不听从我的想法的话，小心我一口将你们吞进肚子里。"狼就是这样野蛮而实际，要说他有什么高明的想法吧，也难以见得。

"不过，在我看来嘛，"一只啄木鸟也参与进了争论，"要用实际的眼光来看待这个世界，一件事它该是怎样就是怎样，譬如说这天气，实在是冷得够呛。那些住在高高的杉树上的小松鼠冷得直打哆嗦，他们不得不互相摩擦着鼻子取暖；还有野兔们缩着身子躲在自己的洞穴里，连往外瞧上一眼的勇气都没有。不过在这种天气里大角鸮倒是挺乐呵，他们的羽毛被冻得硬邦邦的，不过他们毫不在意，骨碌碌地转动着又黄又大的眼珠，树林里响彻他们的叫唤声'吐维特！''吐维特！''吐维特！'瞧今天真是个好天！"

这两个男人继续往前赶路，时而摩擦着双手，朝着手心里哈气，大皮靴子踩在雪地上发出"咯吱咯吱"的响声。有那么一次，他们不小心掉进了一个大坑里，好不容易才爬出来，发现浑身上下全变成了白色的，活像个面包师傅。还有一次他们在冰上跌了个大跟头，因为实在是太滑了，使得他们背在背上的柴火都散架了，只好重新捆起来再上路。还有那么一次，他们满心以为自己完全迷失在了茫茫的白雪大地之中，心里恐惧极了，要知道白雪尽管纯洁柔软，要是在里面沉睡的话那是危险而致命的，但是他们信仰神灵，遵循着神灵的指引，从原路返回，一步一步小心翼翼地往前走，终于走出了这片森林，远远地看到了村庄里发出的淡黄色灯光。

他们简直太开心了，快乐地奔跑并大笑着。这苍茫的大地也变得可爱起来，像一朵盛开的银白色花朵，而太阳就是一朵金黄色的花朵。

但是很快他们又重新陷入痛苦之中，其中的一位说道："唉，我们到底是为什么而高兴呢？像我们这样的穷人有什么值得高兴的呢？生活是为那些有钱人准备的，不是为我们，我们还不如就冻死在这片森林里呢，或者就让野兽吃掉算了。"

"我也这么觉得，"另一个人答道，"这个世界是不公平的，有的人得到的太多太多，还有的人得到的太少太少，除了忧愁，真想不出来还有什么东西是公平划分的呢。"

就在他们为各自的不幸自怨自艾的时候，发生了一件神奇的事情，一颗异常美丽、异常明亮的星星从高高的天空里跌落下来。他们瞪大双眼盯着这颗善良的小家伙落到地上，好像就在柳树后面靠近羊圈那里，离他们那儿也没有多远。

他们大叫着跑去追逐，"谁要是先找到它就能得到一坛子的金子！"他们太想变得富有了。不过比赛总是会有输赢，其中有一个樵夫比他的同伴要先到那里，当他飞奔着跨过了柳树林，啊！瞧呀！在明晃晃的雪地里躺着一个发光的小东西，金灿灿的。他赶紧弯下腰去用手触碰了一下，那是一件用金线编织而成的斗篷，上面还绣着许多小星星，包裹得严严实实的。他连忙朝他的同伴喊道："快过来吧，我找到宝藏啦，从天上落下来的宝藏！"等他的同伴一来，他们俩就在雪地上面对面坐了下来，准备将这个包裹打开，把里面的金子平分了。可是令他们瞠目结舌的是，里面根本就没有什么金子，只有一个熟睡着的小婴儿。

"唉，谁能想到会是这个样子的呢？我们的黄金梦又泡汤了。"其中的一个人说道，"而且一个孩子对于我们这样的穷人来说真是一点用都没有，我们本来就生活得很艰难，再说我们家里还有自己的孩子，总不能将自己的孩子口里的粮食分出来给他啊！本来就够少的了，我们还是把他放这儿，各走各的路吧。"但是他的同伴却不这样认为："这样的冰天雪地里，我们不能将这个孩子留下，他一定会死掉的，尽管我跟你一样穷苦，家里孩子多，又没有什么吃的，但是我还是要把他带回去，我想我的妻子会好好照顾他的。"

于是他温柔地将孩子抱在怀里，用斗篷把他包裹起来，不让一点儿寒风吹进去。接着他下山回到自己的家里，而他的同伴则惊讶地看着他久久说不出话来，他实在无法理解他这样的行为。但是到了村子里，他还是说道："既然你要了这个孩子，我们之前说好了是平分的，那你把那件斗篷给我吧，这样才算公平。"

抱孩子的樵夫却说："我不能把这件斗篷给你，这是属于孩子的东西，而不是属于我或者你，我不能把他给你。"说完他就回家了。

他敲了敲门，他的妻子打开门，快乐极了，因为她看到自己的丈夫平安无事地回来了，高兴地搂住他的脖子亲吻着他，"赶快进屋吧，你一定冻坏了吧。"说完她将丈夫背上的柴解下来，还为他擦去靴子上的雪。

"亲爱的，我在森林里找到了一件稀罕的宝贝，我把他带回家来了，我想你会好好照顾他的吧？"樵夫对妻子说道。说完他将斗篷解开，露出孩子睡熟的脸庞。

"天啊，竟然是一个小孩子！可是你看看我们的家里，不是已经有好多孩子了吗？为什么还要带一个小孩子回来？本来生活已经够艰难的了，他一定会把坏运气带到咱们家来的。"妻子对樵夫有点生气，他太不考虑实际情况了。

丈夫连忙将他怎么遇见这个孩子的经过告诉给了他的妻子听，"这是星星的孩子，是个星孩！"不过这并没有使他的妻子感觉好一点，她挖苦说："我们这么贫穷，自己的孩子都没有吃的，为什么还要去养别的孩子？谁会来帮助我们？会有人把粮食送来给我们吃吗？"

"就算苦一点，我们还是不能让他被冷死吧，上帝不是连麻雀都会眷顾吗？"丈夫说。

"难道你不知道麻雀在冬天经常因为没有东西吃而被冻死吗？"妻子反驳道。丈夫听了不知道该怎么回应她，只能呆呆地站在门口，不进来。

一阵寒风从外面吹进来，她打了一个寒战，妻子说："你还傻站在那儿干吗？外面这么冷，还不赶快进屋来暖暖身子。"说着她上前抱过了丈夫怀里的孩子。她的眼睛里充满了泪水，温柔地看着丈夫，然后又看看怀里的孩子，她亲吻着他，然后轻轻地把他放在最里面的一张小床上，那是他们最小的孩子睡觉的地方。到了第二天，樵夫和他的妻子把小孩子的东西放进了衣橱里，那件有星星图案的斗篷还有孩子脖子上戴着的琥珀项链。

这个孩子就在樵夫的家里生活下去了。日子一天天过去，孩子也渐渐长大了，他和樵夫自己的孩子在一起吃饭，一起睡觉，一起玩耍。跟其他孩子不同的是，他一年比一年长得漂亮英俊，皮肤又白又嫩，就像象牙雕成的一样，卷卷的头发如同芬芳的水仙花，嘴唇比最娇美的花朵还要鲜艳，还有他的眼睛清澈得就如同生长在水边的紫罗兰。这个村子里的人都为他的容貌感到惊讶万分。但是这样的美貌并没有给他带来什么好运，反而带来了罪恶。

他深知自己容貌出众，并为此感到骄傲，所以他变成了一个残忍、自私又冷血的人。对于樵夫的孩子或者村子里的其他孩子，他全部都不看在眼里，还说他们很低贱，自己却是非常尊贵的，因为他是星星的孩子；他还把自己看作是他们的主人，那么他们就是他的奴隶了。对于那些可怜的人，譬如盲人、残废，或者生病的人，他总是投以鄙视和残酷的目光。他用恶毒的话骂他们，还向他们扔石头，要把他们从村子里赶走，去别的地方讨饭。是的，他厌恶丑陋的容貌，相对的，对于美却十分迷恋，他爱他自己爱得发狂。在无风的夏季傍晚，当他躺在神父果园里一口水井边时，常常看着水里映出的自己美丽的容貌而欣喜不已，陶醉其中。

对他这些很坏的行为，樵夫和他的妻子也会责备他："我们希望你至少是善良的，看看你都对那些孤苦的人们干了些什么吧，当初难道我们也是这样对你的吗？"

村里的老神父也时常找到他，跟他说一些做人的道理，希望他能够找回那颗充满了友善的心，"你看，就算是小飞虫也是你的弟兄，还有那些生活在森林里的飞禽走兽，他们都有存在的价值，有自己的自由，为什么要去无故伤害他们，剥夺他们宝贵的东西？看看你自己，是上帝吗？要将痛苦带给这个世界。现在人人都赞美上帝，就连那些牲畜也不例外。"

　　但是老神父的话星孩完全不放在心上，他只是皱着眉头，摆出一脸的不高兴，走掉了。他去找村里的孩子们玩，他们都愿意跟着他，听从他的差遣，就是因为他的容貌俊美，而且能歌善舞，不仅会跳很好看的舞，还会吹笛子和演奏其他乐器，所以不管星孩要他们去什么地方，跟着他做什么事情，他们都会心甘情愿地一起去。如果星孩将一件尖利的芦苇刺进一只鼹鼠的眼睛里，那么他们就也跟着哈哈大笑；如果星孩用石头去扔麻风病人，那么他们也跟着一起扔。渐渐地，孩子们也变得像星孩一样冷酷无情。

　　一天，村子里来了一个女叫花子，她浑身上下穿得破破烂烂的，而且由于赶了许多的路，她的脚走破了，淌着鲜血，样子看起来实在是太寒碜了。到了村子里，她实在是累得走不动路了，就靠在一棵栗子树下休息。星孩领着孩子们正好从那边走过，看到了这个衣衫褴褛的女人，星孩对其他的孩子嚷道："快来看这个丑陋的女人啊！她竟然也配坐在那么美丽的一棵栗子树底下，简直太受不了了，我们一起把她从村子里赶出去吧。"说完他捡起了一块石头朝她扔过去，口里还不停地说着难听的话咒骂她。女人害怕极了，用惊恐的眼睛看着他们，不知道该怎么办，但是她突然将视线定格在星孩身上，一眨不眨地盯着他看。

　　这时星孩的父亲，那位樵夫正好在不远处砍柴，听到了喧闹声，马上赶过来，看见了星孩不道德的行为，马上责骂他："你到底在干什么？为什么要对这个可怜的穷苦的女人做出这么残忍的事？难道她做过什么伤害你的事情吗？"星孩受不了这样的责备，气呼呼地跺着脚，满脸通红地说："你有什么资格来教训我，你又不是我的亲生父亲！"

"对，你说得没有错，当初要不是我从森林里把你抱回来，你早就死了，这难道不是我对你的怜悯之心才让你活到了今天吗？"樵夫说道。

女人听到他们的对话，竟然激动得晕了过去。樵夫把她带回了家，他的妻子照看着她。终于乞丐女人清醒了过来，善良的夫妻俩拿来食物给她吃，还安慰她不要过多地操心劳碌。但是女人什么都吃不下，她只是对他们说："你们在森林里找到那个孩子，那件事是不是发生在十年之前的今天？"

樵夫回答："的确是这样的，没有一点差错，就是十年前的今天。"

"那你告诉我，这个孩子被发现的时候是不是脖子上戴着一条琥珀项链，同时他是用一块绣着星星图案的斗篷给包着的？"乞丐女人又问。

"说得一模一样，就是这样的！"樵夫说着马上从衣橱里将那条琥珀项链和星星斗篷给找了出来。

女人一看到这两样东西，喜悦的泪水夺眶而出，"啊，这就是我丢失的儿子啊！我找遍了整个世界，就是为了找寻他！"

樵夫和他的妻子也很高兴，这个孩子的亲生母亲来找他了。他们赶紧把星孩从外面叫回来，说道："快回家去看看吧，你的亲生母亲来找你了，别让她久等了。"

星孩感到很惊讶，又充满了期待地跑回家去。但是他看到就是那个讨饭的乞丐女人，于是他马上改变了态度，蔑视地笑着说："哪里？我的亲生母亲到底在哪里，我怎么没有看见呢？只有一个丑陋的讨饭女人在这里。"

乞丐女人说："孩子，我就是你的亲生母亲啊！"

"你在说什么疯话呢？我怎么可能是你的儿子？你应该照照镜子，你长得丑，而且穿得那么破，你快从这里滚出去吧，我不想看到你这张恶心的脸！"

"可是，你的的确确是我亲爱的小儿子啊！那时候我在森林里生下了你，"她大叫着，跪在地上向他伸出双臂，"当时我实在没办法，强盗把你从我身边夺走，又把你放在了森林里要冻死你。孩子，我找遍了全世界就是为了找到你，当我第一次看到你的时候，就认出了你；而且我也认得那件斗篷和琥珀项链，我的孩子啊，现在你跟我回去吧，我爱你，我需要你。"

星孩听了她的话脸色没有任何改变，他一动不动地站在那里，什么话也不说，屋子里只有女人的哭泣声。

过了一会儿，星孩用一种冷漠的语调说道："如果你真的是我的亲生母亲的话，那么你最好还是现在就走得远远的，我不希望有你这种让我丢脸的母亲，我是星星的孩子，快离开吧，我不想再看到你。"

女人的心碎了，最后她凄惨地恳求道："啊，我的孩子，我愿意为你这样做，但是在我离开之前，你可以亲吻我一下吗？"

但是星孩残忍地拒绝了她："我才不会去亲吻一个像你这样丑陋的人，我宁愿去亲吻一只癞蛤蟆或者一条毒蛇。"

女人于是站起身来，伤心地回去了，回到森林去。星孩这下高兴起来，终于摆脱那个丑陋的女人了，他欢快地回去找其他的孩子一起玩。但是奇怪的是，孩子们看到他来了一个个都笑起来："你长得实在太丑了，就像一只癞蛤蟆，像一条毒蛇，快滚开吧，我们才不要和你一起玩。"于是星孩被他们赶跑了。

他感到迷惑不解，不知道发生了什么事，"真是莫名其妙，他们今天到底是怎么了？"他往那口水井走去，想要去照一照自己的容貌，看看自己是有多么貌美。

可是当他看到井水中的自己的时候，被吓了一跳，天啊，到底出了什么事？他的脸真的就跟癞蛤蟆和毒蛇一样丑陋可怕！他受不了这样的打击，扑倒在草地上大哭起来，并说道："一定是我对亲生母亲的所作所为让神愤怒了，我不应该羞辱她并把她赶走，这是我犯下的罪过啊！我现在要去找她，就算走遍全世界也要找到她。"

樵夫的小女儿这时候来到他身边，对他说："你还是留下来吧，我不会因为你的相貌有所改变而嫌弃你的。"

他感谢她的好意，但还是拒绝了她："我不能留下来，我对我的母亲犯下了罪。"于是星孩便走进森林里去，一声声地呼唤着自己的母亲。但是不管他怎么喊都没有人回应他，喊了整整一天，太阳都下山了，他就在森林里住下来，找一些干枯的叶子当作床铺躺在上面休息。星孩是那么孤单，所有的鸟兽看到他都害怕地躲起来了，因为就在前不久他还带领着孩子们去伤害他们。只有丑陋的癞蛤蟆和毒蛇从他身边经过。

到了第二天早晨，他觉得肚子饿了，就从树上摘几个果子吃，接着继续往前走。沿途遇见了许多小动物，他便上前去打听母亲的下落。

他问一只鼹鼠："鼹鼠鼹鼠，你能不能钻到地底下去，帮我看看我的母亲现在在哪里？"

但是鼹鼠回答他："上次你已经把我的眼睛戳瞎了，现在就算我想帮你都办不到了。"

他又问一只梅花雀："梅花雀梅花雀，你能不能飞到高高的树顶上去，在那里你就能看到整个世界了，可以帮我看看我的母亲在哪里吗？"

但是梅花雀回答他："上次你已经把我的翅膀剪掉了，

我现在怎么能飞上树梢呢？"

星孩没有办法，只能向一只小松鼠求助："小松鼠小松鼠，你知道我的母亲在什么地方吗？"

小松鼠说："上次你已经把我的母亲杀死了，这次你要找到自己的母亲也把她杀死吗？"

星孩难过地哭起来，他为之前自己对这些动物们犯下的罪孽深深地忏悔，希望上帝能够听到他的悔过原谅他。他又继续在这片茂密的森林里走了整整三天，终于走出了森林，来到了一片广阔的平原。

当他从村子里走过的时候，小孩子们围住他嘲笑他，并朝他丢石块，就像以前他对那些可怜的人所做的一样。就是因为他看上去又破又脏，而且长得那么丑陋，人们觉得就算接近他也会使谷仓里的粮食受到损害，人人都想把他赶走，根本没人同情他。他在这个世界上已经走了整整三年了，这三年来他吃尽了苦头，没日没夜地奔波，双脚因为被尖利的石块戳破而流血不止。但是不管他怎么打听都没有母亲的消息，人们只是说没有看见过这样一个女人，或者是拿他的痛苦取乐。可他明明感觉到母亲就在他前面，只是怎么追赶都赶不上。

这个世界对他来说太过残酷和冷漠了，人们对他从来都没有施以一丁点的同情和怜悯，这不就是他从前自己亲手造成的吗？

有一天夜里他来到了一座城市的城门外，门口站着许多守卫。星孩走了一天，累得实在走不动了，他想进入城里去，但是守卫拦住他不让他进去，"你是什么人，到这座城市里来干什么？"

　　"我到这里来寻找我的母亲。"星孩回答道，"所以我请求你们发发慈悲让我进到城里去吧，我想她非常有可能就在这座城里面。"

　　其中有一个守卫，留着黑黑的胡须，他一边用手捻着胡须一边嘲笑地看着星孩："看看你自己这副丑模样吧，沼泽地里的癞蛤蟆和毒蛇都要比你好看，就算你的母亲在里面，要是看到了你反而会不开心吧，所以你还是赶紧从这儿滚开吧，到别的地方去！"

　　不过另外一个比较友好的守卫问道："你的母亲是谁呢？你为什么要找她？"

　　星孩回答道："我的母亲跟我一样也是一个乞丐，我之前做了许多错事，我必须要找到她，得到她的原谅，请你们打开城门让我进去吧。"但是守卫们将长矛对准了他，还是不愿意放他进去。

　　星孩难过极了，他哭着准备离开那儿。这时候来了一位身穿金色铠甲的将领，闪亮的头盔上还有雄狮的图案，他问那几个守卫，眼前的这个乞丐是什么人，来这里做什么，守卫们告诉他这是一个来找自己母亲的乞丐，但是他们已经把他赶跑了。

"不用让他走，"穿铠甲的将领哈哈笑着说，"你们看这个乞丐长得这么丑，我们把他卖给别人当奴隶，得来的钱还能给我们喝碗甜酒呢。"正巧有一个长得很丑的人经过这里听到了他们的对话，他表示愿意出钱来买这个乞丐，当他付完钱之后，就拉着星孩的手进城去了。

他们在城里走了很久很久，穿过了好几条街道，终于来到了一扇小门那里。这是一扇嵌在一堵墙上面的一个小门，这个丑陋的老人取出一个翡翠戒指轻轻地触碰了一下那个小门，门自己就开了，展开一条又长又黑的阶梯，一直通到下面，到了最下面就是一个长满了黑色罂粟花的花园，四周还摆放了许多瓶瓶罐罐。老人用一块长布条蒙住星孩的眼睛，领着他往前走。当他将那块长布条拿掉的时候，星孩发现自己来到了一座阴暗的地牢里。

一盏牛角灯发出昏黄微弱的光，老人把他关进地牢里，给他发了霉的面包，对他说："吃这个。"还给他一个装了盐水的杯子说："喝这个。"等到星孩吃完面包，喝完盐水，老人就出去了，当然他把牢门用铁链子锁得牢牢的。

这个老人不是别人，而是一位非常有名气的利比亚魔术师。到了第二天他又来看星孩，并对他说："在城门外的那片森林里，藏着三块金币，一块是白色的，一块是黄色的，还有一块是红色的。现在我要你在今天太阳落山之前，帮我把那块白色的金币拿来，我会在花园的门外等着你，如果做不到的话，我就要狠狠地抽你一百鞭子。你得记住自己的身份，你是我用钱买来的奴隶。"说完他又用长布条蒙住他的眼睛，带着他穿过那座花园，走上长长的阶梯，用翡翠戒指打开小门，来到了大街上。

星孩按照魔术师的吩咐，走向城外的那片森林。

那是一片美丽的森林，到处都长着青翠的树和芬芳的花朵，然而事实上这里异常可怕。当星孩非常高兴地走进去的时候，不管他走到哪里，地上总是会冒出许多粗大尖利的刺阻止他往前走，每走一步都艰难万分，很快他的脚上就被刺得鲜血直流。而且那块白色的金币非常难找，哪里都找不到它的踪影。时间正在飞快地流逝，上午过去了，中午过去了，接着太阳马上就要落山了，他还是一无所获。星孩难过地往回走，流着眼泪，因为他知道空着手回去必定会受到魔术师的惩罚。

就在他走到森林入口的时候，一个微弱的声音从不远处传来，像是在呼救，又像是痛苦的呻吟声。他马上忘记了自己的事情，朝那里走去，原来是一只小兔子落入了猎人的陷阱中了。星孩觉得他非常可怜，十分同情他，就把他给放了出来，"我自己已经是一个可怜的奴隶了，我不希望你也跟我一样，我马上就让你恢复自由。"

兔子很感激他，便对他说："谢谢你救了我，为我所做的一切，我该如何感激你呢？"

星孩说："我在森林里寻找一块白色的金币，但是我怎么找也找不到，如果我不能将它拿回去的话，我的主人会狠狠地惩罚我的。"

"你跟我来吧，我碰巧知道在哪儿。"兔子说。

就这样，兔子领着星孩来到了藏金币的地方，它被放在一棵老橡树的裂缝里。星孩找到了金币别提有多高兴了，激动地抓着兔子说："真是太感激你了，我只是为你做了那么一点小事，而你却给了我这么大的恩惠。"

兔子摇摇头说："我并没有为你做什么，只是回报了你对我的善意罢了。"

星孩拿着这个白色的金币，欢快地朝城门走去。在城门口他看到一个麻风病人坐在那里，脸上蒙着厚厚的麻布，麻布上有两个窟窿，一双通红的眼睛从里面向外看着，当星孩走过他身边的时候，他就敲着面前的碗恳求他："行行好吧，年轻人，施舍一个钱币给我吧，我再不吃点东西就要饿死了，这个城市没有人同情我，他们只是一味地驱赶我。"

"可是我也没有钱，身边只有一个白色的金币，我必须把它带给我的主人，否则他会打我的。"星孩说。但是那个麻风病人还是一而再、再而三地向他发出乞求，最后星孩终于还是怜悯他，把那个好不容易才找到的金币给了他。

但是这样一来，就没有金币可以交给魔术师了。"我让你帮我找的金币找到了吗?"魔术师问。"我没有找到。"星孩说。

魔术师非常生气,他扑过去狠狠地打了星孩一百下,然后将他再一次关进牢里,扔给他一个空盘子,说:"吃这个。"给了他一个空杯子说:"喝这个。"

到了第二天,魔术师又来到地牢里,对他说:"这一次我要你再去昨天的那片森林里,帮我把那枚黄色的金币找来,如果这次还是找不到的话,我会狠狠地打你三百下。"

星孩在森林里找啊找啊,从早上找到太阳落山还是没有找到,他难过地坐在一块石头上哭泣。这时,昨天他从猎人的陷阱里救出来的那只小兔子来到他身边问道:"你为什么在哭泣啊,又在找什么东西吗?"

"我在找一个黄色金币,它就在这片森林里,但是我怎么找都找不到,我的主人一定会重重地责罚我的。"星孩伤心地说。

"你跟我来吧,我知道在哪里可以找到它。"兔子说完就蹦跳着跑到前面去了,星孩赶紧跟在后面。他们来到一个水池旁边,那枚黄色金币就沉在水底。

"啊,我真的不知道该怎么感谢你才好,这已经是你第二次帮我了。"星孩兴奋地喊道。

"不,这完全是因为你一开始就对我显示了善意。"兔子说完就离开了。

星孩将这枚黄色金币小心地放好，然后匆匆忙忙地往回赶，天马上就要黑了。当他赶到城门的时候，那个麻风病人又在那里，他拉住星孩的衣服，乞求他再给他一个钱币，否则他就要被饿死了。"但是我身上只有这一个钱币了，如果我把它给了你，我的主人会打我的。"

但是麻风病人依旧苦苦地哀求他，最后星孩还是心软了，他把这一枚黄色金币交给了他。

星孩回到魔术师那里。"我让你去拿的黄色金币你拿到了吗？"魔术师问道。"我没有找到。"星孩说。魔术师生气极了，他马上扑到星孩身上狠狠抽了他三百鞭子，然后将他扔进地牢里，用铁链子牢牢地锁上。

第三天魔术师再一次来到星孩待的地牢里，对他说："这一次，你去把那枚红色的金币给我找来，如果你能够办到的话，那么我就还你自由；如果你办不到的话，我就会杀死你。"

这一次星孩依旧翻遍了整座森林也找不到那枚红色的钱币，他只能伤心地坐在一棵大树下哭泣，想到自己马上就要死了，也没有得到母亲的宽恕，眼泪就不停地流下来。这时候那只小兔子又来到他身边问他为什么哭泣。星孩又将自己找不到红色钱币的事情告诉了兔子。

"来吧，你转过身看看，你要找的那枚红色的钱币就在你身后的那个山洞里，赶快擦干眼泪去把它拿出来吧。"

星孩进入山洞，在一个隐蔽的地方发现了那枚红色的钱币，他高兴得不知道该说什么了，"这是你第三次救我了，真不知道该怎么感谢你。"

　　"这都是因为你对我的那一次同情，在此之前，从没有人对我施以怜悯。"兔子说完又很快地不见了。

　　星孩将钱币收好就往回走，这一次那个麻风病人还是在城门口乞讨。就像你所知道的，星孩尽管知道自己如果不把这枚钱币拿回去交给魔术师自己就会死掉，但是他看到麻风病人这么可怜，觉得他比自己更需要这枚钱币，就把它交给了他。然后他慢慢地往回走，因为死亡正在等待着他。

　　但是奇怪的事情发生了，当他准备穿过城门的时候，守卫向他恭恭敬敬地鞠躬，还忍不住赞美道："啊，我们的国王陛下是多么貌美啊！"一大群市民也跑过来高声地呼喊着："这是我见过的世界上最漂亮的人了！"星孩以为这些人像以前那样只不过是在嘲笑他、讥讽他。街道两旁的人越来越多，人们簇拥着他，使他连路都看不清，只能跟随着人流往前走。

　　当他能够看清的时候，发现自己正站在国王的宫殿外面，大门打开了，王公大臣和僧侣们走出来迎接他，他们彬彬有礼地向他鞠躬，还说："您就是我们国王的亲生儿子，这里的新国王。"

　　星孩觉得这实在是太奇怪了，就说："我想你们搞错了，我只是一个乞丐女人的儿子，不是什么国王的儿子。看看我的长相吧，我这么丑陋，根本不配做一个国王。"

就是那个身穿金铠甲把他卖掉的将领高声地说："陛下，您怎么会认为自己长得不好看呢？如果您还不好看，那么世界上所有的人岂不都成了丑八怪了！"

星孩很快就意识到自己的容貌恢复到原来了，同时他感觉到自己身上有了一种之前从没有过的宝贵的东西。大臣和僧侣们纷纷向他下跪，他们说："我们的国家有一个古老的预言，说在今天这个日子，会出现一位贤明的国王，请戴上王冠，拿着这根手杖吧，陛下。"

可是星孩却不愿意接受，"我没有资格做你们的国王，"他说，"我曾经对我的亲生母亲犯下罪孽，我要走遍全世界去找寻她，求得她的原谅。现在我还没有找到她，所以我要继续去寻找。我不能接受这些，我不能留在这里。"于是他转身准备离开，就在周围拥挤的人群中，他看到一个乞丐女人就站在那里，旁边是那个麻风病人，"母亲！"他兴奋地大叫着，"我终于找到你了！"

他朝女人飞奔过去，跪倒在她的脚下，亲吻着她伤痕累累的双腿，用自己流下的眼泪去洗尽上面的伤口。他低低地垂着头，像个小孩子一样哭泣，他哭喊着请求母亲的宽恕，但是女人一句话也不说。

他看到麻风病人站在旁边，便用手抓住他的脚恳求道：

"我曾经给了你三枚钱币，给过你三次善意。现在请你跟我母亲说句话吧，帮我请求她宽恕我吧。"但是那个麻风病人也什么都不说。

他哭泣着，抖动着肩膀，"宽恕我吧母亲，这样我就能安心地回到我的森林里去了。"

乞丐女人和麻风病人同时将手轻柔地放在他的头顶，说道："孩子，我们早就已经宽恕你了，起来吧。"

原来他们就是这个国家的国王和王后。他呆呆地看着眼前的这两个人，不敢相信那是真的。

他们三个深情地拥抱在一起，他们亲吻着他，拉着他的手把他带进皇宫里去。人们给星孩穿上华丽的衣服，还把王冠戴在他头上，将国王的手杖交到他手里，他做了这个国家的主人，贤明地统治着这片土地。现在的星孩已经变成了一个充满了同情心的仁慈的君主。他赶走了那位恶毒的魔术师，还大大地赏赐了樵夫和他的妻子，感激他们对他这么多年的养育之恩。在他管理的国土上，人们都得到了公平的对待，穷人有粮食吃，也有衣服穿，到处都充满了欢乐祥和。

渔夫和他的灵魂

　　在海边住着一位年轻的渔夫，每天晚上他都会到海边去捕鱼，将大大的渔网撒进大海里。可是并不是什么时候都能捕到鱼的，每当陆地上的风吹到海上去的时候，他就只能捕到很少的鱼。那种风非常可怕，长着凶猛无比的黑翅膀，跟海里的巨浪联合起来作恶。不过，也有风从海岸边吹来的时候，那时候就会有各种各样的鱼从深海里游上来，不小心跑到渔夫的渔网里去了，渔夫便将它们拿到市场上去卖钱。

　　这一天夜里，渔夫跟往常一样出海捕鱼，当他准备将渔网向上拉的时候，网非常沉，他几乎使出了浑身的力气才将渔网拉上来。"哈！今天真是走运呐！难不成这大海里的鱼都跑到我这网里来啦，要么就是捕到什么怪物了，长相奇怪，大得吓人的那种。"就这样一边嘟囔着，一边往上拉，因为实在太重，渔夫的手臂上爆出了条条青筋，"嘿咻嘿咻"地喘着粗气，渔网一点一点拉上来，终于，那个扁扁的软木浮圈离他越来越近，渔网上来了。

渔夫瞪大眼睛看着，奇怪，里面一条鱼也没有，更没有怪物，只有一个小小的熟睡的美人鱼躺在那里。

她真是个美丽的孩子，金黄色的头发像金羊毛一样湿漉漉地披散着，每一根都闪着光芒；她的皮肤如同象牙一样雪白迷人，还有一条银色和珍珠色相间的鱼尾巴，被海草缠绕着；再看看她的容貌，简直太可爱了，耳朵像贝壳一样娇小，嘴唇像珊瑚一样鲜地动人。冷冰冰的海水不叫击打着她的胸脯，留下一层层细细的海盐在她身上闪着光泽。

渔夫被她的美貌惊呆了，久久地凝视着她，眼睛都不愿离开。他小心地将渔网放平，俯下身子将这个美人儿抱在怀里，当他刚刚碰到她的时候，她从睡梦中惊醒了，像只受了惊吓的海鸥一样惊恐地大叫起来，她睁开那双紫水晶般清澈的眼眸望着渔夫，并企图挣扎着从船上跳下海去。但是她没有成功，渔夫紧紧地抱着她，根本舍不得她离去。

美人鱼看到自己没有办法逃脱，难过地哭起来，"求求你让我回去吧，我是我们海底之国唯一的公主，我的父亲只有我一个亲人了，如果我不能回去的话，他会非常孤独的。"

渔夫听了，回答道："尽管你这么说，我还是不愿意把你放走，除非你答应我的要求，那就是每次只要我在海边叫你，你就必须马上来见我，为我唱歌。我听说海里的鱼儿都喜欢听美人鱼的歌声，这样一来，我的网里就会有满满的鱼啦。"

"真的吗？如果我答应你的要求，你真的会把我放回去吗？"美人鱼问道。

"是的，我会遵守我的承诺。"渔夫回答。

美人鱼相信了年轻的渔夫的话，同时她也按照渔夫说的，做了美人鱼国度的宣誓，承诺她会按约来为渔夫唱歌。做完这些，渔夫解开了她身上的渔网，把她放了。美人鱼睁着恐惧的眼睛，不敢相信这是真的，不过她很快回过神来，甩了一下尾巴跳进海里去了。

从此以后，只要年轻的渔夫晚上到海边去捕鱼，他总是呼喊着小美人鱼，她就从海水中冒出金羊毛一般湿漉漉的头发来，为他唱歌。她唱歌的时候，优美的歌声引来了许多鱼，海豚在她身边一圈一圈地绕着，海鸥在她头顶盘旋舞蹈。

小美人鱼唱的是一首倾诉同伴故事的歌曲，他们肩膀上扛着小牛犊，赶着羊群从一个山洞来到另一个山洞；她又歌唱留着长长的绿色胡须的那些半人半神的海神们，他们的胸膛是毛茸茸的，在国王经过的时候，吹响洪亮的海螺；她歌唱海底之国国王的宫殿，那是一座美丽宏伟的建筑，屋顶是由透明的绿宝石和蓝宝石做成的，路上铺满了闪闪发光的珍珠；她歌唱着海底美丽的花园，花园当中长着巨大的红色珊瑚，随着海水的摇曳而轻轻摆动，鱼儿如同银鸟一般成群结队地在其中穿行游玩，岩石上攀附着秋牡丹，黄沙里长出粉红色的石竹；她还歌唱着大海里的白鲸，和那些讲述许多奇妙故事的海底女妖们，人类不敢过多地倾听她们的故事，他们用蜡将耳朵堵起来，否则非常危险，他们有可能会因为听了那些故事而跳进海里去；她唱着那些沉入海底的船的故事，已经被冻僵的水手们痛苦而绝望地抱着桅杆，船舱里灌满了水，青花鱼在打开的舱门里自由地穿梭着；她歌唱着那些小小的螺蛳们，它们虽然个头很小，却是真正的旅行家，它们如果想要出门的话，只要轻轻地附在船的龙骨上，就能跟随着他们到全世界去游历；她还唱到了乌贼们，它们就住在悬崖边上，有着长长的黑色手臂，如果它们心血来潮的话可以马上就让黑夜到来。她唱了许多许多的故事，那些雄性的美人鱼在月光下弹奏着竖琴，琴音在寂静的海边上飘扬，大海也因此进入了睡眠；小孩子在海边嬉戏玩耍，他们笑着抓住一条滑溜溜的海豚，骑在它身上想象着自己将跟它一起去大海深处冒险；最后她又唱起美人鱼来，她们用长发包裹着身体，躺在雪白的泡沫里，伸出纤细的手臂向船上的水手们挥舞着。

当小美人鱼歌唱的时候，无数的金枪鱼从海洋各处聚集到她的周围，它们太爱听这样美妙的歌声了，于是年轻的渔夫便张开他的渔网把它们全部都捕上来，就连没有跳进网里的鱼也被他用尖尖的捕鱼叉将它们捉住。等到渔夫的船再也装不下了之后，小美人就朝他微笑着回到海底去了。

不过，美人鱼总是在离他很远的地方歌唱，从来都不愿意接近他，他多么想跟她靠近一些啊！他一次次地恳求她，甚至有的时候他想要抓住她，但是每次都被她轻巧地逃脱，像一条敏捷的小海豚一下子钻进海里去了，那么那一天他就别想再看见她了。随着时间一天天地过去，年轻的渔夫渐渐地沉醉在小美人鱼的歌声中，当她为了他歌唱的时候，他竟然会忘记了捕鱼，什么都忘了，就算成群结队的金枪鱼露出它们鲜艳的红鳍和圆鼓鼓的眼睛纷纷来到他的网前，他也完全没有放在心上，他的心只能装下小美人鱼。就这样，渔夫不再打鱼了，而是花上整整一个晚上的时间睁着眼睛看着小美人鱼，呆呆地坐在船头仔细地聆听着她的歌声，直到白茫茫的海雾将他包裹起来，银白色的月光照耀着他的铜色的身体。

有一天夜里，渔夫在海边呼喊着她："美人鱼啊美人鱼，我爱你，我爱你，请你让我做你的丈夫吧，我再也无法忍受你离开我了。"

但是美人鱼却摇摇头说："不行，我不能答应你的求婚。我和你不一样，你拥有人类的灵魂，而我没有，所以我们不能在一起，除非你愿意将你的灵魂舍弃。"

渔夫欢乐地跳了起来，"太好啦！我当然愿意将我的灵魂舍弃，灵魂这种东西看不到也摸不到，对我来说一点用都没有，我根本就不需要。你放心吧，我马上就想办法把我的灵魂丢掉，这样我们就能幸福地生活在海底，我们可以把你歌声中的所有地方都去一遍，我会永远爱你，我们会幸福地生活在一起。"

小美人鱼听到他的话也很开心，微笑着用手捂住了害羞的脸。

"但是我该怎么做才能把我的灵魂丢掉呢？你可以教教我吗？"年轻的渔夫喊道。

"我也不知道该怎么做，对我们人鱼来说，从我们出生的时候就没有灵魂了。"说完她就沉入了海底。

等到了第二天，太阳刚刚露出一点微光，年轻的渔夫就出门去了，他来到了神父的家门口，一连敲了三下门。神父家的看门人从门洞里看到一个年轻人，认出了他就是海边的渔夫，便把门打开了让他进来。

神父此刻正在读着圣经，年轻的渔夫看到神父马上跪了下来，对他大声地说："神父，求你帮帮我吧，我爱上了一条美人鱼，但是我的灵魂却阻止我跟她在一起，你能不能告诉我用什么样的办法才能将我的灵魂从我身上拿走呢？它对我来说一点用处都没有，它看不到、摸不着，更令人感到困惑。"

神父被他的话震惊了，他痛苦地用手拍打着胸膛说道：

"天啊，天啊，我的孩子，你难道是得了什么病吗？还是吃错了什么东西，是什么让你说出这样的胡话来？要知道一个人的灵魂对他来说是最珍贵的东西，再没有东西可以跟它相提并论了。它是无价之宝，就连国王宫殿里的宝石和这世界上所有的金子加起来都没有它千分之一贵重。我的孩子啊，你以后可再也不要讲这样的话了，这是罪恶的想法啊！而且美人鱼家族是一个迷失的族类，他们跟陆地上的鸟兽虫鱼没有什么区别，基督根本不认他们，还是离他们远一点吧，否则同样也会跟他们一样迷失了自己。"

渔夫听完神父的话，难过极了，他的眼睛里充满了泪水，说道："神父啊，牧神住在森林里，快活自在，美丽的雄美人鱼沐浴在月光里弹奏着竖琴，我请求你让我跟他们成为一类人吧，我希望自己也能过上跟他们一样的生活，日子里充满了芬芳。而我的灵魂，对我来说已经不再重要，因为正是它阻碍了我的爱情，既然是这样，那么它对我来说又有什么价值呢？"

神父摇了摇头说道："孩子，我想你现在还是太过年轻了，肉体的爱在爱情里是低级的，这将使上帝感到不快，所以它是罪恶的。你所说的那些我也曾看到过。森林里的牧神是罪恶的，还有那些在夜晚弹奏竖琴的雄性美人鱼，他们也是罪恶的，他们都应该受到诅咒。他们的歌声曾在夜晚的时候飘进我的耳朵，这是他们的诡计，想要将我从上帝的身边引开。他们大笑着敲打我的窗户，将那些有毒的故事吹进我的房间，吹进我的耳朵里。是的，他们就是这样拿我取乐，引诱我，他们是堕落的，心中不会有天堂也不会有地狱，上帝已经将他们遗弃。"

但是年轻的渔夫激动地说："你不明白啊神父，有一次我捕到了一条小人鱼，是海底之国的公主，她是我见过的最美丽的人，比星辰还要闪耀，比满月还要洁白明亮。我爱她，为了和她在一起，我愿意放弃我的灵魂，我愿意放弃上天堂的机会，神父请告诉我方法吧。"

神父什么也没有告诉他，也没有对他祝福，只是生气地将他赶出了家门。渔夫垂头丧气地在路上走着，心里悲伤极了。当他来到集市上的时候，商人们从他对面走过去，看到这个年轻人样子看起来很奇怪，就问他："你有什么东西要卖吗？"

渔夫答道："我要卖掉我的灵魂，你要买吗？我讨厌我的灵魂，他看不到也摸不着，对我来说一点用都没有，求你们将它买走吧。"

商人们听了他的话哈哈大笑着说："年轻人，我们买你的灵魂干什么呢？它根本就不值钱，还不如把你的身体卖给我们吧，这样我们就可以把你当作奴隶，给你穿上蓝色的衣服，手指上套上指环，献给女王陛下当小丑。不要再提什么灵魂，它对我们来说一文不值。"

"这就奇怪了,"渔夫说,"神父却对我说,我的灵魂是世界上最宝贵的东西,就算国王宫殿里的宝石加上世界上所有的金子都比不上它的千分之一呢,而你们商人却说它一文不值。"说完,他就走开了,朝海边走去,心里一直在思考着将灵魂取走的办法。

就这样,渔夫边走边想,突然一个念头在他的脑中闪现。他记得以前有一个伙伴跟他说起过,在大海入口处的一个洞穴里,住着一位女巫,她拥有神奇又有力量的巫术,几乎能解决所有令人头疼的事,为什么不去找她帮帮忙呢?想到这他就马上朝女巫居住的洞穴方向走去,他已经等不及要将自己的灵魂舍弃了。

渔夫快乐地在海滩边狂奔着叫喊着,一想到将灵魂舍弃后就能跟心爱的美人鱼在一起,他就难以掩饰内心的激动。而在海浪冲击的洞穴里,年轻的红发女巫早已经知道渔夫将要来拜访她,她摩擦着双手,脸上露出狡黠的狞笑,等待着他的到来。她将长长的红头发披散下来,遮住自己的身体,手里拿着一枝野毒芹站在洞口朝外面眺望,她知道渔夫马上就要到来了。

"你来找我干什么?你想要从我这儿得到什么?"红发女巫对渔夫大声问道。这时渔夫正喘着粗气爬上陡峭的悬崖,他朝女巫恭敬地鞠躬。"你渴求着不让风从陆地吹来是吗?想让你的渔网里总是装着满满的鱼是吗?我可以帮你实现,我会给你一根小小的芦苇，只要我向它吹气，所有的鱼儿都会从四面八方赶来，拼了命往你的渔网里钻，不过你必须要付出代价啊，我的孩子，必须要付出代价。你来找我干什么？你想要从我这儿得到什么？是想让我把满载着金银珠宝的商船弄翻是吗？这样海浪就能将那些装满了金子和宝石的箱子推到海滩上。这当然是非常容易办到的事，我的力量是那么强大，可以任意掀起一场暴风雨，只需要用一个筛子和一桶水就能把船沉没。不过你必须要付出代价啊，我的孩子，必须要付出代价。你来找我干什么？你想要从我这儿得到什么？我知道在山谷中生长着一种神奇的花朵，长着紫色的花瓣，花心里藏着一颗星星，能够挤出乳白色的汁液，除了我不会有第二个人知道，只要你拿着这朵花轻轻地触碰一下王后的嘴唇，那么她就会马上离开国王，离开王宫，完全爱上你，心甘情愿地跟着你走到天涯海角去。不过你必须要付出代价啊，我的孩子，必须要付出代价。你来找我干什么？你想要从我这儿得到什么？我知道有一种蟾蜍，只要将它用死人的手捣碎了做成一种液体，将它倒在任何一个你仇恨的人身上，那么他就会在睡梦中变成一条毒蛇，被他自己的母亲杀死。我还可以轻轻松松地将天上的月亮取下来，或者从水晶球里帮你预测到你的死亡。不过你必须要付出代价啊，我的孩子，必须要付出代价。你来找我干什么？你想要从我这儿得到什么？只要你愿意给出你的报酬，我什么都能帮你实现。"

渔夫彬彬有礼地说："万能的女巫，我的愿望并不难，但是当我去求神父的时候，他却非常生气，还把我赶了出来；商人们听说了我的诉求也把我大大地取笑了一番，不愿意帮助我。所以我来到了这里，尽管人们告诉我你是邪恶的，但我还是愿意付出我的报酬，求你帮助我。"

"把你想要的东西告诉我吧。"女巫说。

"我想要将我的灵魂从我身上取走。"渔夫说。

女巫听了他的话，脸色突然变得苍白起来，她颤抖着说道："啊，我的孩子啊，你知道你自己刚刚说了什么吗？真是件可怕的事情啊。"她害怕地将脸藏进宽大的衣袖里。

但是渔夫却笑着摇摇头，表现得轻松愉快，"这没什么，灵魂对我来说一点用都没有，你知道的，它既看不见又摸不着，而且使人搞不懂。我留着又有什么用处呢？"

女巫抬起头，望着他说道："这也不是不能办到，如果我帮你达成了愿望，你可以给我什么呢？"

"什么都可以，只要你想要。我可以给你五个金币、我心爱的渔网、我在海边的小房子，还有我那艘用五彩的油漆刷的小渔船，请你告诉我将灵魂取走的方法吧。"渔夫大声地说道。

但是女巫听到他的话却哈哈大笑起来，并用手里那枝野毒芹抽打着渔夫，"我要你那些东西做什么？我可以将秋天从树上飘落下来的树叶全部变成金子，或者把夜晚惨白的月光全部变成银子，我所侍奉的主人可以说是全世界最富有的人，你的那些东西根本就不算什么。"

"既然是这样，那我没有什么可以给你啦!"渔夫说道，"你如果不想要金子也不想要银子，那我还有别的什么东西可以给你呢? 那已经是我的全部了。"

女巫笑着用苍白纤细的手指抚弄着渔夫细软的头发，凑到他耳边轻柔地说道："漂亮的小伙子，我要你陪我跳舞。"

"什么? 就只是跳舞吗?"渔夫惊讶不已。

"没错，你只要陪我跳舞就可以了。"女巫依旧笑着说。

"好，那等太阳下山的时候，我们就去一个什么人都不知道的地方去跳舞吧，到时我问你任何问题你都必须诚实地回答我。"渔夫说。

女巫没有答应他，只是摇摇头说："要等到月圆的时候。"她轻语着，忽然侧耳倾听着周围，静止不动，好像有什么东西使空气一下子凝结住了。一只蓝色翅膀的鸟儿从巢穴中"簌"地飞上天空，在沙丘上绕着飞了一圈又一圈；三只身上有斑点的小鸟"叽叽"叫着从草丛中蹿出去，互相交换着什么密语。海岸边传来浪花击打岩石发出的响声，女巫诡秘地一笑，伸手将年轻的渔夫拉近身边说道："就是今天，今天晚上就是月圆的日子，你必须到山顶上去，他会在那里的。"

渔夫瞪大惊恐的双眼问道："你是说'他'？'他'又是谁呢？"

"这就不关你的事了，"女巫说，"你只需要按时到山顶来见我就可以了。你如果到了那里，就耐心地等着我。如果有一只黑狗跑来你身边，你不要理睬它，用一根柳树枝狠狠地抽打它，直到它离开；如果有一只猫头鹰来到你身边，要跟你讲什么，你也不要理睬它。等到月亮变得最圆的时候，我就会出现在你的身边，我们会一起在草地上跳舞。"

"我会来的，但是你发誓到时候会将如何把灵魂从身上取走的方法告诉我吗？"渔夫说。

"我发誓我会这么做。"女巫说道。阳光照在她鲜艳的红发上，反射出一片红晕。

年轻的渔夫感到高兴极了，"你真是一个最好最善良的女巫了，我今天晚上一定会去山顶跟你跳舞的。不过我倒情愿你能够向我要一些金子或者银子，既然你只是想要跳舞的话，倒是挺浪漫的，如果这就是你的心愿的话，我会帮你实现它。"说完这些话，渔夫再一次恭敬地朝她鞠了一个躬，然后离去了，心里荡漾着满满的喜悦。

女巫站在洞口看着渔夫的身影渐渐消失在雾气之中，直到再也看不见了，她才回到她的洞穴里去，从一个雕刻精致的杉木匣子里拿出一面镜子，将它安置在一个架子上，马鞭草在镜子前面吱吱地燃烧着，升腾起圆形的烟圈，她就透过这些烟圈朝里面看着，"他本就是属于我的，"她的口中说着什么，紧紧握着拳头，尖利的指甲陷进皮肉里，掐出发白的印记，"我和她同样美丽啊。"

晚上很快就到了，当月亮升起的时候，年轻的渔夫就来到了约定好的山顶，站在一棵鹅耳枥树下面，从那里眺望着环形的海面。真美丽啊，就像一面闪着光泽的圆磨盘，远处的渔船缩成一个小小的黑影在水面轻轻地晃动着。这时一只黑色的狗朝他跑来，他举起柳树枝就朝它抽打，黑狗痛苦地叫了一声跑开了；接着又飞来一只猫头鹰，转动着黄色的圆眼睛叫出了他的名字，但是渔夫没有理睬它。

午夜的时候，天空中的月亮变得滚圆，女巫们纷纷飞来，像蝙蝠一样从天而降，她们早就看到这儿站着一个年轻的男人，"呸，这里什么时候来了一个陌生人？"她们叫道，并用鼻子在他身上嗅着，嘴里互相说着什么，那是渔夫无法听懂的话。最后，那个山洞里年轻的女巫飞来了，她的满头红色的长发被风吹散开来，身上穿着一件绣满了孔雀眼睛的金丝绒长袍，头上戴着一顶绿色天鹅绒的帽子。

其他的女巫们看到她来了，连忙追问着："你说的人在哪里？在哪里呢？"红发女巫只是微笑着不说话，她径直走到枥树下，牵起了渔夫的手，他们开始在明亮的月光照耀下跳起舞来。

他们就这样跳了一圈又一圈，不停地旋转着，红发女巫跳跃起来，渔夫能够看到她长裙下面露出的一截深红色鞋跟。突然耳边传来一阵马蹄声，朝着他们跳舞的地方奔来，不过只有声音传来，却不见人影，渔夫心里十分恐惧。

红发女巫不断地对他说着："跳快点，再跳快一点。"同时用手紧紧地搂住他的脖子，将热乎乎的气息吹到他的脸上。年轻的渔夫感到脚底下像是生了风一样，快速地旋转着，地面似乎也在转圈，一股强烈的恐惧再一次袭上心头，他感觉有一双眼睛一直在黑暗中凝视着他的一举一动，散发着邪恶的味道，使他浑身发毛。终于，他看到在岩石后面站着一个高高的黑影，那个人他以前从来都没有见到过。

那个黑色的身影来自一个男人，他穿着一件黑色天鹅绒衣服，是西班牙式的风格，苍白的脸上透露出一股怪异的气息，然而他的嘴唇却尤为鲜艳，如同一朵红色的玫瑰花。他的精神看起来十分疲惫，有气无力地向后依靠着身子，手里虚握着一把短剑，不时地玩弄一下。在他身旁的草地上放着一顶插着长羽毛的帽子和一双滚了金边的皮手套，上面还缀满了各种奇异的珍珠。一件黑色衬里的短外套搭在他的肩膀上，而他那双女人般纤细苍白的手指上戴满了戒指。疲倦将他包围了，眼皮开始往下沉，半盖着他蓝色的眼睛。

渔夫就这样紧紧地盯着他看，一刻也无法将眼神移开，好像是着了魔一样，终于他们的眼神交汇在一起了，他感觉无论他跳到什么地方去，这双眼睛总是跟随着他。红发女巫放肆地笑着，将他的手放在她的腰肢上，疯狂地跳着舞步。突然之间，一条狗跑出来大声地叫着，跳舞的人们都停了下来，他们非常有秩序地一个接着一个，单膝跪在地上去亲吻刚刚那个男人的手。男人享受着人们对他的尊崇，一丝诡秘的笑挂在他上扬的嘴角上，带着骄傲和理所应当。他依然盯着渔夫看着，笑容里包含着轻视的味道。

红发女巫拉着渔夫的手，说道："跟我来吧，我们也去见见他。"渔夫被女巫拉着，竟然无法抵抗，只能乖乖地跟在她后面向前走去。但是在马上就要接近男人的时候，不知道是什么力量驱使着他，他竟然在胸前画起了十字架，并且口里呼唤着上帝的圣名。

女巫听到他的呼唤，看到他所画的十字，每一个人都发出令人发憷的惊叫声，马上飞走了。而那个一直盯着他看的黑衣男人，脸上也现出了痛苦的表情，他朝小树林吹了一声口哨，一匹银白色鬃毛的小马从树林里走出来，他跨上马背，朝渔夫悲伤地看了一眼，然后骑上他的马飞驰而去。

红发女巫看到所有人都飞走了，也马上想飞走。但是渔夫紧紧地抓着她的手腕，不管她怎么挣扎都挣脱不了，她大叫着："放开我，我要离开这里！你刚刚呼唤的那个名字是我们的禁忌，而且你不该在胸前画出那个记号，现在一切都完了！"

但是渔夫却说："不，我不会让你走的，除非你将取走灵魂的方法告诉我。"

女巫狂叫着，像一头发了狂的小野兽，嘴角冒出泛白的唾沫。

"你知道我想要什么。"渔夫说。

她的脸扭曲着，草绿色的眼睛里充满了泪水，苦苦地哀求着："放我走吧，你说的那件事太可怕了，除此之外我什么都能满足你。"

渔夫只是笑着，把手抓得更紧了。

红发女巫知道自己完了，今天晚上是不可能跑掉了，于是开始说一些诱惑的话："噢，我跟海底之国的公主一样美丽不是吗？也像那些海里的美人鱼一样可爱迷人。"一边说着，一边轻轻地将脸贴近渔夫的脸。

渔夫感到一阵厌恶，他皱着眉头将她推开了，并冷酷地说道："我不吃你这一套，如果今天晚上你不把我想知道的告诉我的话，我就把你杀死。"

红发女巫的脸一下子变成了菜色，绝望蔓延开来，嘴唇颤抖着，最后她突然奇怪地大笑起来："既然你这么坚持，反正是你自己的灵魂，跟我没有什么关系，你爱怎么样就怎么样吧。"她从腰间拿出一把用绿色蛇皮包裹的短剑，将前额散乱的头发拨到后面，继续说道，"每一个人身后都有一个形体跟他自己很像的黑色的影子，他们不知道的是那其实是灵魂的影子。你只要站在海滩上背对着月亮，然后你弯下腰，用刀子在你双脚周围将那团黑色的阴影从自己身上切割下来，那样的话，你的灵魂就会离开你的身体了，而且他会听从你的话乖乖离开的。"

"这是真的吗？希望你不是欺骗我。"渔夫仔细地听完这番话说道。

他高兴起来，马上将她的手放掉，女巫跌落在草丛里，他把那把短剑插在腰间，往山下走去。

一个声音在他身体里不断地呼唤着，是灵魂的声音，他知道一切是怎么发生的，现在他知道自己马上就要被无情地丢弃了，"为什么？为什么要放弃我？我们从出生开始就在一起了，我可一直是你忠实的仆人啊，是我做了什么令你厌恶我的事情了吗？"

"并不是这样，"渔夫笑了笑，"只不过我必须与你道别了，因为我要去寻找我的爱人，跟她在一起，我再也不需要你了。这个世界是多么广大，你可以去任何你想去的地方，天堂也好，地狱也罢，你自由了，所以以后不要再来打搅我。"

不管灵魂怎么恳求他，渔夫的心都是坚硬的，他不再理睬他，而是在海滩边的石块之间小心地走着，脚步稳重，如同一只矫健的野山羊一般。终于他来到了红发女巫所说的那片海滩边的平地上。

滚圆的月亮照在那片蜜色的细沙地上，四周明亮极了，年轻的渔夫按照女巫所说的，背朝着月亮，他健硕的肩膀的轮廓清晰可辨，就像一座完美的希腊雕塑。不远处的海水中，一只只白色的手臂从泡沫中伸出来朝他挥动着，召唤着，还有一些婀娜的身姿直直地站在海面上，朝他鞠躬。渔夫最后看了一眼身后那个黑黑的影子，他似乎在发着抖。

灵魂最后对他说："我知道你一定会把我赶走的，不过在我走之前，能不能求你将你的心留给我，让我一起带走。这样就算我走到天涯海角，无论去到什么地方，都不会感到寂寞了。"

渔夫摇了摇头说："我不能答应你，如果我把心给了你，还拿什么去爱我的爱人呢？"

灵魂发出最后的哀求："这是我最后的诉求了，这个世界就像你所说的，是广阔的，但是它对于我来说太广阔了，我好害怕啊，只要有了你的心，我就会变得勇敢。"

"我不会把它给你，它是属于我心爱的人的，你还是快离开吧。"说完渔夫就转过了身，抽出那把绿色手柄的短剑，手起刀落，影子很快就从他的脚上脱离，站在了他面前。渔夫感到一阵恐惧，竟然有些不知所措，他别过头，说道："你还是赶快走吧，我不想再看到你的脸了。"

灵魂却说："我想我们以后一定还会再见面的。"他的声音出奇的低，就像从笛子里吹出来的声音，又细又微弱，甚至感觉不到他的嘴唇张开了。

"可是我马上就要住到深海的皇宫里去了，我们怎么可能会再见面呢？难道你要跟着我一起去海底吗？"

"每年的这个时候，我都会到这个地方来呼唤你，也许你总会有需要我的时候。"灵魂说。

"我怎么还会需要你呢？"渔夫说，"不过你想怎么样就怎么样吧。"于是他就钻进了大海里面。海神们吹响洪亮的号角，小美人鱼们也都游上前来，伸出湿漉漉的洁白的手臂搂住他的脖子，并且不断地亲吻着他。

灵魂只是一个人孤零零地站在海滩边望着这一切，直到他们的头顶完全没入海面，灵魂伤心地哭着走开了。

就这样转眼一年过去了，到了这一天，灵魂就来到这个地方一声声地呼唤着渔夫的名字，渔夫听到了之后，就从海洋深处浮出了水面，对他说："你来这儿呼唤我有什么事吗？"

灵魂说："你靠近我一点，这样我就能把我这一年的所见所闻讲给你听了，真是神奇的经历啊。"

于是他就走近了一些，但是身体还是沉在水里，看着岸上的灵魂，仔细地听着他的话。

灵魂开始诉说他这一年来看见和听见的事情，"那天，当我离开你的时候，我就向东方行走，准备去那里游历一番。在我看来所有来自于东方的东西都是充满了智慧的。就这样我走了六天时间，到了第七天的早晨，我到达鞑靼人的土地，登上了一座山，我坐在山上一棵柳树的树荫里乘凉。

天气炎热极了，土地都裂开了，似乎还冒着热气。人们在这片被烤着的土地上来回地行走着，就好像蚂蚁在被烧热的铁锅上爬行一样。

"太阳最毒的时候，也就是正午时分，从远处的地平线上升腾起一团红色的烟雾。那些鞑靼人看到那团烟雾都乱了脚步，他们拿上一把弓，跳上马背，朝烟雾的方向飞奔而去，而女人们则发出刺耳的尖叫声躲进大车里，害怕地躲藏在帘子的后头。

"到了太阳落山的时候，鞑靼人全部回来了，不过他们之中的五个人没能回来，就算是已经回来的人当中也有许多受了伤。他们很快地将马套在大车上，匆匆向前赶路了。有三只胡狼从洞穴中钻出来，默默地站在那看着他们离去的背影。然后它们抽动着鼻子吸了几口气，就朝相反的方向跑去了。

"到了晚上，明月升上夜空，我看到有火焰在平地上升起来，于是就朝那个方向走去。走近的时候发现原来是一群商人聚集在篝火旁边休息。在他们身后的木桩上拴着几匹骆驼，作为奴隶的黑人们则在一旁的沙地上忙着搭起高高的硝皮帐篷。

"商人们看到我走近了，马上警觉地站起来，同时将插在腰间的匕首拔出刀鞘，问道：'你是什么人，到这里来干什么？'

"我马上做出没有恶意的手势，告诉他们我其实是一位国王的儿子，是个王子，我是从鞑靼人那里逃跑出来的，否则他们将把我当作奴隶。他们当中的一个头领笑了起来，表现出了轻蔑，他将尖木杆上挂着的五个人头指给我看。

　　"然后头领又问我先知的名字是什么，他们是异教徒，所以我告诉他们先知的名字叫穆罕默德。头领听到那个名字感到十分满意，于是朝我恭敬地鞠了一个躬，亲切地拉着我的手，请我在火堆旁最靠近他身边的地方坐下来。一位黑人奴隶给我端来一只木质的碗，里面盛满了马奶，还送来一些烤羊肉。那天晚上我吃饱喝足，休息得很好。

　　"天亮了之后，我们再一次踏上了旅途，他们给了我一匹红毛骆驼，让我骑在它身上赶路，并且走在头领的身旁。走在我们前面的是一个小喽啰，肩上扛着一杆长长的枪。在两边还有许多士卒，后面是几头驮满了货物的骡子，这是个货物非常富足的商队，骆驼已经有很多了，而骡子还要更多，是骆驼数量的两倍。

　　"我们马不停蹄地走着，横穿鞑靼人的整片国土，来到了被月亮诅咒的人们的国度。鹰头狮身的怪物站在高高的岩石上，守护它们脚下的黄金，身上长满了鳞甲的巨龙在它们的山洞中呼呼大睡。我们带着深深的恐惧行走在这片土地上，翻越山岭的时候连呼吸都是轻轻的，生怕惊动了远处绵延不断的积雪，使它们从我们头顶崩塌下来。为了克制住这种担忧，我们每个人用一块白纱布蒙住眼睛。跨越过雪山，当我们走过山谷的时候，小矮人们站在大树上向我们射箭；到了夜幕降临的时候我们睡在山林里，听到野人们在击打着鼓跳舞的声音；猴子塔里住满了大大小小的猴子，经过这里的时候，要十分小心，如果将一些水果放在猴子的面前，它们就不会跟你捣乱了；而蛇塔则非常危险，你必须要用铜碗盛满了热牛奶送到它们跟前，它们喝了这些牛奶就会让你安全地通过那里；奥克苏姆斯河绵长延伸，我们三次来到了河边，坐着充气的胀得鼓鼓的皮筏子渡过河去，河里的河马凶恶地看着我们，似乎时刻都想把我们吞进肚子里，随行的骆驼因此惊恐万分。

"我们每经过一座城池，那座城的城主必定会跟我们收取钱财，却依然不让我们入城去。他们将食物从城墙上扔下来给我们，有红枣馅的饼、有掺着蜂蜜的糕点和白面包，并提出用一百篮子的食物交换我们的琥珀珠宝。

"而那些住在村子里的人们只要一看到我们进了他们的村子，就在水井里下毒药，然后赶紧跑到山里躲起来。旅途中我们同许多人打了仗，其中有玛格大人，他们是一群神奇的种族，族里的每一个人都是逆向生长的，他们出生的时候是最年老的模样，随着时间的推移，他们会越来越年轻，直到最后变成一个婴儿的模样，然后死去。还有特洛伊人，他们宣称他们是老虎的儿子，用黑色和黄色的颜料涂抹自己。

还有奥兰斯特人，他们有古怪的习俗，将死去的人放在树顶上，而自己却住在黑得伸手不见五指的山洞里，因为他们害怕太阳神会来杀死他们。还有克里尼安人，他们崇拜鳄鱼，并将它们奉为神灵，给它们戴上翡翠的耳环，还喂给它牛油和活鸡。还有生着马脚的希班人，他们跑起来跟马一样快。在这么多次的战争中，商队的损失惨重，有三分之一的人在战争中被杀死了，还有三分之一的人被饥饿杀死了，其余的人都怨恨着我，因为他们认为是我的到来将厄运带给了他们。于是我搬开一块石头，从里面拉出一条头是三角形的毒蛇，让它咬我的腿，那些人看到我被毒蛇咬了却还是安然无恙，全都对我敬畏起来。

"又过了很长的一段时间，我们到了一个叫伊勒尔的地方，到达那里的时间正好是夜晚，我们不得不在城外的树林里睡一晚。空气沉闷极了，当我们感到口渴的时候，就从石榴树上摘下大颗的石榴切开，喝里面的果汁。就这样我们在树林里睡了一晚，直到第二天的太阳升起。

"天刚刚擦亮，我们就爬起来了，来到了城门口，厚重的大门是用红铜浇铸而成的，上面雕刻着长着翅膀的龙的图案。守卫从高高的城墙上面朝下看着我们，问道：'你们是什么人，从什么地方来？到这里来干什么？'商队里懂得这国语言的人马上告诉他们我们来自遥远的叙利亚，身边带了许多的货物。他们要求我们交出几个人来做人质才肯放我们进去，而且必须等到中午时分城门才会打开，我们只能在那里等待着。

"终于等到了中午，城门打开，商队驮着许多货物进城去了，城里的一个人突然吹响了号角，于是家家户户都从自己的房子里出来，来到大街上看我们。黑奴们将骆驼和骡子身上的货物拿下来，打开各种包裹和雕花的枫木箱子，商人们很快将各式各样、来自世界各地的货物摆出来供大家挑选，有来自埃及的蜡染印麻布，有埃塞俄比亚产的印花布，有泰尔城的紫色海绵，还有各种稀奇古怪的陶瓷容器，琥珀制品等等。有一户人家的屋顶上站了好多女人，往大街上瞧着。

"连续好几天来了许多人跟我们进行交易，第一批来的是僧侣，第二批来的是皇宫里的贵族，最后是工匠和奴隶。这是当地的习俗，如果外来的商人一直待在城里的话，他们就是这样对待他们的。

"我们在那里一待就是半个月，我已经厌烦透了，闲来无事就到处晃悠，不知不觉来到了一座神社的花园之中。这里是僧侣们居住的地方，他们穿着黄色的长袍在树丛间进进出出，一座玫瑰色的寺院坐落在一条由大理石铺成的路上，那里面就供奉着他们的神。寺院的门面装饰得十分壮丽，大门是用金粉涂抹的，还有伸出来的金色的孔雀和公牛的雕塑。屋顶是用海绿色的陶瓷铺成的，屋檐上挂着一串串小铃铛，当鸽子从那里飞过的时候，翅膀扑打着它们，便发出一阵阵悦耳的丁零零的撞击声。

"在寺庙的前面有一个清澈的水池，池底是用玛瑙铺就的，我百无聊赖地躺在水池旁边，手随性地抚弄着树上的大叶子。这时候，一个穿着黄色长袍的僧侣朝我走过来，我转过身看到他就站在我后面。他脚上穿了一双奇怪的鞋子，一只是用鸟的羽毛做的，还有一只是用软蛇皮制成的；头上戴着一顶黑毡帽，这是僧侣们惯常戴的那种帽子，帽子上装饰着一个银的新月标志，弯曲的头发上涂抹着锑粉。

"站了一会儿，他突然开口问我到这所寺庙里来是不是想要什么东西。于是我告诉他我别无所求，只是想见一见他们的神。

"他用斜斜的眼珠盯着我看，然后答道：'神现在外出去打猎了。'

"'他在哪片树林里？我可以去找他，跟他一起骑马打猎。'我又说。

"这下，他用长得有些诡异的长指甲拨弄着帽子上垂下来的穗子，嘟囔着：'神在休息。'

"'那么请告诉我他在哪张床上休息，我愿意去到他的床榻边服侍他。'我说。

"'他正在一个宴会上。'最后他大声地说道。

"这一次我说道：'倘若神饮的酒是甘甜的，那我愿意与

他共饮；倘若神饮的酒是苦涩的，那么我也愿意与他共饮。'

"僧侣听了我的话，冥想了片刻，拉起了我的手，走进寺庙里去了。来到第一个房间的时候，我看到了一座与真人一样高大的乌木雕成的塑像，坐在用硕大的珍珠镶嵌成的宝座上。在雕像的额头上有一颗红宝石，大滴大滴的油从上面滚落下来，掉落在他的大腿上；腰间扎着一根黄色的铜腰带，双脚浸染了小羔羊的鲜血。

"我看着这尊雕像问僧侣，你们所说的神就是这位吗？他回答我说是的，眼前这位就是。但我知道他在欺骗我，我朝他的手上吹了一口气，那只手就瞬间枯萎了。僧侣痛苦地祈求着：'神啊，请求您让您仆人的伤口痊愈吧，我将要带他去见您。'于是我再朝他的手上吹一口气，他的手又恢复了原来的模样。

"于是他将我带到了第二个房间里，刚踏进这个房间，我浑身就开始颤抖起来，在我眼前是一尊全身用象牙雕成的塑像，是真人的两倍大，额头上镶嵌着大颗的黄玉，在胸腔的地方涂抹着药粉和肉桂末，其中的一只手拿着一根弯曲着的翡翠玉杖，另一只手里则握着一块圆水晶。一双黄铜的靴子套在脚上，粗壮的脖子里则套着一个石膏做成的项圈。他坐在一张通身都是翡翠的宝座上，向外伸展的莲花花瓣上还垂挂着许多绿宝石。

"我看看这尊雕塑，然后问僧侣这就是你们的神吗？他回答我这就是他们的神。但是我不相信，就提高了声音问他：'带我去见你们的神，否则我会杀了你！'我用手摸了一下他的眼睛，他的眼睛立刻就瞎了。

"僧侣痛苦地祈求着：'神啊，请求您让您仆人的伤口痊愈吧，我将要带他去见您。'于是我朝他瞎掉的眼睛上吹了一口气，他的眼睛就恢复原来的神采，浑身因为恐惧而发着抖。我们来到了第三个房间里。不过这儿非常奇怪，既没有雕塑也没有宝座，什么都没有摆设，只有一面圆形的金属框架的镜子被放在一个石头的祭坛上。

"我感到疑惑不解，便问他：'你带我来见的神到底在什么地方？我怎么什么都看不到，你不会又骗我吧。'

"他回答道：'我没有骗你，这儿的确没有神，不过在你眼前的是一面具有神奇力量的镜子，是一面智慧之镜。从这面镜子里面你可以看到天上地下一切问题的答案，不过当你去照这面镜子的时候，自己的脸却是看不见的，所以朝里面看的人可能是聪明的，也可能是愚蠢的，这些都是有可能的。在这个世界上还有无数的别的镜子，你从里面只能看到偏见；只有这一面不一样，谁拥有了这面镜子，就能无所不知、无所不晓，因此我们就把它奉为神灵，去敬拜它。'我朝这面镜子里看去，真的就跟他描述的一样。

"不知是什么力量，促使着我去做了一件事：我把这面智慧之镜偷走藏了起来，把它放在离那座寺庙需要走一天路的一座山的山洞里，现在它是属于我的了。我想求你让我再一次跟你待在一起，这样一来，这面镜子就是属于我们的了，你可以从里面看到任何你想要的，洞察世界万物的答案，你将成为全世界最有智慧的人。"

但是渔夫听了却哈哈大笑起来："你所说的智慧我一点都不在乎，比起爱情，那根本不值得一提，我拥有小美人鱼的爱。"

"不对，你不明白，还是智慧更重要。"灵魂说。

"不，是爱，爱情才是一切当中最重要的。"渔夫说完，再一次将头沉没在海水里。灵魂伤心地哭着，走开了。

很快，又过去了一年，灵魂又来到同一个地方呼唤渔夫的名字，渔夫听到了他的呼唤，就从大海深处浮出水面，问道："你到这里来呼唤我有什么事吗？"

灵魂说："你再靠近我一点，我有许多话想要跟你讲，这一年来我又有了许多见闻。"

于是渔夫游得靠近了他一些，仔细地听着他的话。

"这一次我们分别之后，我开始向南方行走。所有来自南方的东西都是珍贵无比的。顺着大路我朝爱西特城的方向走了整整六天，那条大路上总是寂静的，没有人愿意在上面行走，就连无畏的朝圣者都不愿意踏足。走到第七天，终于一座城市出现在了我的眼前，它是在一座山谷里面，很难被人发现。

“要进入这座城市有九扇大门可以通过，每一扇大门的前面都立着一匹青铜的马，每当城里的人从山里回到城里的时候，这九匹马便大声地嘶鸣起来。高大的城墙也全都是用黄铜裹着的，每一个放哨台上都站着一位手里拿着弓箭的哨兵。当日出的时候，他们会射出一支弓箭将铜锣敲响，日落的时候则吹响号角。

　　“我正准备从其中的一个城门进去的时候，守卫拦住了我，问我是什么人，从哪儿来，要到哪里去。我告诉他们我是一名回教徒，这一次是要去麦加朝拜，在麦加有一幅绣着《可兰经》的绿色帐幔，是天使们用银线绣上去的。守卫们觉得我说的事情很新奇，就把我放了进去。

　　“这座城市真是棒极了，到处都充满了各式各样有趣的东西，简直就是个大集市。我真希望当时你跟我在一起，能够看到那一切。街道的两旁挂满了五彩缤纷的大灯笼，就像一只只扑腾着彩色翅膀的大蝴蝶一般随风起舞。而当风真的刮过的时候，你会看到那些灯笼飘扬起来，美丽得好像一个个肥皂泡，上下浮动着。长着又粗又黑的胡子的商人们坐在丝毯上，头上缠着黄色的头巾，哦不，应该说是头巾上贴满了金币，所以变成了黄色的。他们的手里摆弄着一串琥珀珠子或者雕花的手玩核桃，面前摆放着他们的货物。他们卖的东西千奇百怪，要什么有什么，有香料，譬如枫脂香、丁香、玫瑰油、甘松油，还有香味独特的香水，来自遥远印度

海的小岛屿。如果他们看到有人走过去，似乎对他们的香料
有兴趣，他们立刻会将一小段乳香丢进身旁的一个小香炉
里，空气里便立刻充盈着一股强烈醉人的香气。我亲眼看到
一个叙利亚人点燃一根像芦苇一样的细细的棒子，一缕缕灰
烟垂直向上升起，我闻到那香味十分熟悉，跟春天里可爱的
粉色桃花的味道一模一样。除了这些卖香料和香水的，还有
一些卖宝石和珠子工艺品的，有镶嵌着蓝色土耳其宝石的银
手镯，有用细细的铜线串成的珍珠脚链，有用金子做成的老
虎爪子和猫爪子，还有中间是圆形镂空的绿宝石耳环和指
环。街旁的茶馆里传来乐器发出的动听的声音，抽着鸦片烟
的人睁着空洞的双眼，脸上露出僵硬苍白的笑，看着路上来
来去去的行人。

　　"我多么希望你能跟我在一起，看到所有我看到过的情
景啊。肩上扛着大大的黑皮包在人群中不停朝前挤的是卖酒
的人，他们中的很多人专门卖一种名字叫西拉兹的甜酒，味
道好极了，甚至比蜜糖还要甜。当他们卖给别人的时候，会
把酒倒进一种精致的金属杯子里，上面撒上玫瑰花瓣。除了
卖酒的人，还有许多卖水果的，他们卖已经熟透了的无花
果，迫不及待地裂开露出了紫色的果肉，和味道香喷喷的金
黄色甜瓜，还有一颗颗饱满的白葡萄、颜色亮丽的橘子、椭
圆形的新鲜柠檬。我还在那里看到过一只大象，说实话我还
没有见过装饰成那样的大象呢，它的大耳朵上罩着红色的丝

网编成的网罩，身上涂满了黄色和朱红色的涂料，它慢慢地走到一个卖橘子的摊位前，用长鼻子卷起一个橘子就塞到嘴里，那个卖橘子的商人只是看着它呵呵地笑。这真是一个挺奇怪的民族啊，他们的很多行为都令人费解，当他们感到快乐的时候，他们会来到集市上向卖鸟的商人买一只鸟，然后把鸟笼打开，让里面的小鸟自由地飞上天空，这样一来他们就会感到更加快乐了。但是当他们感到痛苦的时候，就会脱光自己的衣服，用长刺的藤条抽打自己的身体，好让痛苦变得更加深刻。

"有一天晚上，我在路上走着，碰巧对面走来了一队抬着轿子的黑奴。那是一顶非常华贵的轿子，轿顶上的竹片全都是用金子做的，上面还装饰着黄铜做的孔雀。轿子的窗上挂着薄纱做成的帘子，上面缀满了一粒粒圆而亮的珍珠。当轿子从我身边经过的时候，风将帘子吹开了，我看到里面坐着一个脸色惨白的赛加西亚人，朝外面看着，我们的眼神正好交织在一起。看着这个情景——轿子、里面的人——我越想越觉得好奇，索性就跟在他们后面。黑奴们感觉到后面有人跟着，脸上露出不满的神色，同时也加快了脚步，我依旧跟着，也加快了自己的脚步。好奇心一直催促着我紧追其后。

"终于，黑奴们在一座四四方方的白色房子前面停下了脚步。这座房子的造型十分古怪，根本不像人居住的地方，它的四面是密闭的，没有窗子，只有一扇小门可以进出，看上去像是一座坟墓。当他们将轿子小心地放下来之后，用门上的铜质门环敲击了三次，接着门打开了，从里面出现一个身穿绿色长袍的亚美尼亚人。他先是透过门洞察看来的是什么人，确定了之后才从小门里走出来，同时手里拿着一卷地毯，铺到轿子的下面，轿子里的女人从里面出来了，当她快要走进门里的时候，突然回过头来，再一次朝我微笑。啊，我看到她的脸，是一种近乎吓人的苍白。

"后来我又去那个地方，想要寻找那座白色的房子，只是找来找去都找不到，于是我才恍然大悟，明白了那个脸色苍白的女人是谁，并且她朝我微笑的原因。

"还有其他的新奇的事情，我真希望我们还在一起，那么你将能看到我所看到的一切了。那是新月节的时候，这个国家的皇帝来到了寺庙里祈祷，他还非常年轻，看起来英姿飒爽，头发和胡子都染成了玫瑰花的那种迷人的红色，脸颊上涂着一层金粉，在阳光下闪着光，手掌和脚心则染成了黄色。

"年轻的皇帝是早晨的时候出门的，等到他祈祷完毕的时候已经是傍晚了，只要他从人群中走过，两旁的人们都是脸朝下跪拜着，不敢将头抬起来看他一眼。但是我并不属于这里，所以我不会这么做，我只是若无其事地高昂着头，站在一个摊位前面，看着他从我眼前走过。皇帝看到了我，他抬起描画得非常精致的眉毛，停下来注视着我，似乎等待着我向他跪拜，但是我依旧没有。人们看到我的所作所为，全都吓死了，他们纷纷劝我还是赶快从这里逃走吧，否则性命不保。我对他们的劝告全都不放在心上，反而走到那些卖外邦神祇塑像的商人们中间去了，反正这些人在这儿也是得不到尊重的。我把自己见到皇帝的表现跟他们讲了一遍，他们帮我画了一幅画像，然后希望我不要再跟他们待在一起了。

"当天晚上，我躺在一个茶馆里的垫子上睡觉的时候，一队皇帝的士兵手里拿着兵器冲了进来，二话不说就把我押到皇宫里去了。一进宫门，他们就把所有的大门全部关上，还用大铁锁锁住了。我站在一个大院子里，周围都是高高隆起的拱廊，墙是雪白的，全都用雪花膏砌成，上面还镶嵌着绿色和蓝色的陶瓷瓦片。地面全铺着桃花色的大理石，柱子则是绿色大理石的。

"士兵们押着我一直向前走，穿过一个有阳台的院子的时候，上面有两个脸上蒙着面纱的侍女看到我过去，嘴里说着恶毒的话咒骂我。最后士兵打开了一道象牙做的门，走进去我发现自己置身于一个美丽的大花园里，这里有七个喷泉，四周都是各种香气四溢的鲜花。有大朵金黄色的郁金香、牛眼菊，还有滴着晶莹的水滴的芦荟；喷泉喷出长长的水柱，似乎在夜空中点亮了一道萤火。我侧耳倾听，在花园尽头的一棵树上有一只夜莺在啼唱。

"我看到远处有一个小亭子，当我走近的时候，有两个肥肥胖胖的太监朝我走来，他们身上的肥肉随着走动一抖一晃的，同时用奇怪的眼神不停地朝我浑身扫视。他们中的一个人，将押送我过来的侍卫首领拉到身边，耳语了一番，另一个则从手里拿出香锭放在嘴里咀嚼起来。

"说完话，侍卫首领带着士兵离开了那里，两个胖太监摇摆着跟在他们后面也走了，他们走的时候，还不停地摘旁边树上的果子吃。我带着一脸迷惑看着他们远去的背影，突然有个太监回过头来看了我一眼，带着一脸诡异的笑。

"我看看前面的亭子，无所顾忌地拉开厚厚的帘子走了进去。看到那位年轻的皇帝以一种享受的姿势卧躺在一张铺着狮皮的长椅上，他的胳膊上站着一只白色的鹰隼，睁着又圆又锐利的眼睛；而站在他身后的是一个头戴铜帽子的身材健壮的黑人，他赤裸着上半身，皮肤黑得发亮，耳朵上一对沉重的耳环熠熠生辉。我看见在皇帝躺着的椅子旁边还放着一把锋利的钢刀。

"皇帝看到我进来了，便皱起眉头问我：'你到底是什么人？难道没人告诉你我是这座城市的主人吗？我统治着这里。'但是，我却默不做声。他生气极了，对着黑人指了指那把放着的钢刀，黑人突然冲过去拿起钢刀就朝我劈过来，只是刀从我的身体里穿过，根本不能伤害我一分一毫，黑人却一下子扑倒在地上了。当他站起来的时候，不敢相信刚刚发生的一切，因为害怕而颤抖着，再也不敢攻击我。

"皇帝见状自己从长椅上跳起来，从后面抄起一把长矛就朝我刺过来，我轻松地一伸手就接住了它，马上把它折成了两截。他不甘心，又举起弓朝我射箭，箭'嗖嗖嗖'地朝我飞过来，我将手举起来，它们就都在空中停住了。于是他又从腰间抽出了一把匕首，这一次他不是对我，而是转过身去将它很快刺入了黑人的喉咙，黑人因为惊愕和痛苦用手捂住伤口，在地上扭动着，鲜血汩汩地从指缝间冒出来，没多久就死去了。皇帝这样做是怕他将自己今天出的丑说出去。

"等到黑人不再动了，皇帝就问我：'你到底是谁？是先知吗？所以我一点都伤害不到你对吗？也许我这样的做法本来就是错误的。我请求你尽快离开这里，越快越好，最好是马上，你的存在将威胁到我的统治，人们将不再惧怕我。'

"于是我说：'好，我可以这么办，除非你将你拥有的一半财富分给我。'

"他没有说话，只是拉起了我的手，走进了花园里，刚刚押我进来的侍卫首领看到了惊讶不已，更不要提那两个太监了，他们吓得膝盖直打哆嗦，连忙在地上跪下来。

"皇帝带着我来到了一所房子里，周围用高大的围墙围得密不透风，天花板是用铜皮包裹着的，一盏巨大的吊灯从上面垂下来。当皇帝用手轻轻碰一下其中的一面墙的时候，那面墙就像门一样打开了，我们一起走了进去，顺着一条长长的走廊一直向前走，长廊的两旁点燃了两排火把。一路走过去，许多挖空的壁洞里堆满了亮闪闪的银币，最后我们走到了长廊的尽头，到达了一个大厅里。皇帝嘴里似乎念了一句咒语，就听到'轰隆'一声，一扇巨石大门一下子弹开了，皇帝赶紧用手遮挡住眼睛，害怕里面发出的亮光刺到眼睛。

"里面的情景简直让人无法想象，琳琅满目，看都看不过来的金银珠宝，一只巨大的乌龟壳里塞满了大颗大颗的珍珠，不断地滚落出来，还有堆成小山一样高的红宝石。橡皮箱子里装着一箱箱的黄金，除此之外还有猫眼石和青玉分别摆放在水晶容器和翡翠容器中，象牙碟子上整整齐齐地立着呈圆柱形的绿宝石。象牙做成的杯子盘子到处都是，里面都盛满了珍贵的宝石。黄金的杯子里放着玉髓，抬起头往上看能够看到一串串黄色的猫山石从上面垂挂下来……这些东西只是冰山一角，里面的财宝可远远不止这些。

"皇帝指着这满屋子的宝藏对我说：'这里所有的东西都是属于我一个人的，现在你可以拿走其中的一半，只要你愿意带上它们马上离开我的国家，当然我会再给你几头骆驼和赶骆驼的人，好让你能够把它们运到无论什么地方去。快走吧，我不希望我的城市里存在着一个我不可能将他杀死的人。'

"但是我环顾了四周，却对他说：'这间屋子里所有的白银、黄金、宝石我通通不想要，它们对我来说根本没有价

值，不过只有一件东西是我想要的，那就是戴在你小手指上的那个戒指，对，我只要那个。'

"皇帝的脸上露出不愉快的神色，他皱了皱眉头说：'这只是一只极为普通的戒指，根本不值钱，你不会想要的。还是拿上我一半的财富赶快离开这儿吧。'

"不过我执意想要那个戒指，'你不用欺骗我，我非常清楚那个戒指有什么价值和意义，给我那个我就走，否则我绝对不会离开一步。'

"皇帝害怕地颤抖起来，他几乎用哀求的口吻说：'啊，你还是离开吧，这样吧，我把我那一半的财富也给你，这间屋子里所有的东西都是属于你的，快走吧。'

"不过后来我不仅得到了那所有的财富，把它们跟我藏起来的镜子放在一起，还偷走了那枚戒指。有了那枚戒指你将成为这个世界上最富有的人，只要你让我重新回到你身边。"

但是渔夫听了他的这番话却笑了，"跟爱情比起来，财富根本就不算什么，我有小美人鱼的爱情。"

"不对，财富是所有人都追求的梦想，难道不重要吗?"灵魂说。

"但是我更看重爱情。"渔夫说完这句话再一次沉入海底。灵魂伤心地哭起来，走开了。

第三年又到来了，灵魂第三次来到这个地方呼唤着渔夫的名字，渔夫听到他的呼唤，就从海底浮上来问道："这一次你来这里呼唤我是有什么事吗？"

灵魂说："是的，这一年我又有了新的见闻，特地来这里讲给你听。你靠近我一些，好听得清楚一些。"

于是渔夫听从他的话靠得更近了点，仔细地听着。

灵魂说道："我曾经游历到一座小城市里，与一群水手在河边的一家小酒馆里喝酒，我们一边喝两种不同颜色的葡萄酒，一边吃着麦子做的面包，这家酒馆卖一种用桂叶包着的小咸鱼，蘸上醋味道非常独特。就在我们说笑的时候，走进来一个江湖卖艺人，肩上搭着一个真皮毯子，怀里抱着一把两角琴。他先将毯子铺到地上，开始用手指弹拨着那把琴，悦耳的曲调就飘扬开来。就在这时，门外走进来一个妙龄女子，脸上蒙着细纱，但是可以看出她的容貌非常美丽。伴随着琴音，她跳起优美的舞蹈，她赤着双脚在地毯上不停地跳着，样子十分迷人。那座城市就在离这儿不远的地方，走一天就能到。"

渔夫听到他说起那个跳舞的少女，心突然颤动了一下，因为小人鱼从来都不能那样跳舞，也不能跟他跳舞，她没有双脚啊。他心里升腾起一股强烈的欲望，一个声音在他的心里喊着："去吧，去吧，才一天的路程，我还来得及回来，回到我心爱的人身边。"他答应了灵魂的邀请，就从水里来到岸上，走到灵魂的身边。

他朝灵魂笑着，同时向他伸出了双臂，灵魂激动地大叫着朝他跑过来，一下子就钻入了他的身体里，渔夫往身后看了看，那里又出现了一个黑影，那就是灵魂的形状。他对灵魂说："走吧，我们不要耽误时间了，好快去快回，我要马上回到我的爱人身边，否则海里的海神们是易怒的，他们手下还有许多妖怪供他们差遣。"

这一整天的时间，他们都在匆匆地赶路，顶着热辣的太阳一刻都没有停歇，到了晚上他们终于到达了那个城市。

于是渔夫问灵魂："我们眼前的这座城市就是你告诉我的少女跳舞的那座城市吗？"

灵魂却说："不是这里，是别的地方，不过既然已经到了夜晚，我想我们应该进到里面去过夜。"

渔夫就走进了这座城里，在街道上走着。他们看到路边有商人在卖珠宝，一个美丽的银杯子就放在那儿，灵魂对他说："去把那个银杯子偷走，藏到衣服里，快。"

渔夫听从了他的话，很快将银杯子拿起来放进了衣服里，然后脚步匆忙地从那座城市离开了。渔夫拿着那个杯子走了三里路，突然他感到一阵厌恶，就把那个杯子给扔了，同时很生气地对灵魂说："你为什么让我把那只银杯子藏起来？那可是偷盗，是非常恶劣的行为。"

但灵魂只是说："不要紧，不要紧的。"

到了第二天，他们又到达了另一座城市，渔夫又问他，

"这里就是你跟我说过的那个少女跳舞的那座城市吗?"

灵魂说:"不是啊,不是这里,我们还要继续往前走,不过我们还是先到里面去看看再说吧。"

他们走进城里面,在街道上穿行。当他们在路上走的时候,正好看到有一个小孩子在一旁哭泣,灵魂就对渔夫说:"过去打那个小孩。"于是渔夫就听从了他的话,动手打了那个孩子,然后他们赶紧离开了那座城市。

走了三里路之后,渔夫开始懊悔起来,他责备灵魂:"你刚刚为什么无缘无故地让我去打那个孩子?这是多么恶劣的行为啊!"

但灵魂只是说:"不要紧,不要紧啊。"

到了第三天的夜里,他们来到了第三座城市里,渔夫就问他:"这里是你之前跟我所说的少女跳舞的那座城市吗?"

灵魂回答:"是的,就是这里,我们进去吧。"

他们就走进了城里,渔夫根据灵魂所说的地点,到处找那个河边的小旅馆,却怎么也找不到。这里的居民都觉得他很奇怪,瞪大双眼盯着他看,渔夫感到十分不自在,便对灵魂说:"我们还是赶快离开这里吧,我想你所说的那个跳舞的少女并不在这里。"

灵魂回答道:"就算是这样,今天晚上我们还是不要走了,这么晚了在路上走,万一碰到强盗可怎么办?"

渔夫坐在路边休息,不知道今天晚上该到什么地方去过夜。这时候一个头上裹着头巾的商人朝他走来，他身上披了一件鞑靼人的布斗篷，手里拿着一根芦苇秆，顶端挂着一盏灯笼。他问道："年轻人，这么晚了你在这里干什么呀？这里的店铺都关门了，你还要坐在这里吗？赶快回去睡觉吧。"

渔夫回答道："我到这里来找一家小旅店，但是没有找到，现在我没有地方可以去了。"

好心的商人于是说："这样啊，那你跟我走吧，我那里正好还有一个房间可以用。"

渔夫高兴极了，赶紧站起来，跟着他回家了。商人领着他穿过了一片石榴园，来到一间宽敞的屋子里，端来一盆撒着玫瑰花瓣的脸盆给他洗手，还拿来甜瓜给他解渴，一些粮食和小羊排让他吃得饱饱的。

等到渔夫吃饱喝足了，商人就带着他来到了一间收拾得非常干净的客房里，让他休息。渔夫对商人的殷勤好客充满了感激，亲吻着他戴在手上的戒指，然后就躺在舒服的毯子上睡着了。

渔夫睡得很熟，因为床非常柔软舒适，但是在快天亮的时候，灵魂却把他叫醒了："快醒醒，快醒醒啊，你现在马上到商人的房间里去，趁他睡着把他杀了，然后偷走他所有的钱。"

听了灵魂的教唆，渔夫真的从床上爬起来了，然后走到了商人的房间里。在床的后面正好放着一把刀，在商人脱下来的外衣旁边则放着几个装着黄金的小袋子。渔夫悄悄地拿起地上那把刀，就在他的手碰到刀的时候，商人突然惊醒过来，他一下子从床上跳起来，拿起那把刀，大声地朝渔夫喊道："你这个人简直太恶毒了，我对你那么好，那么真诚地邀请你来做客，你就是这样报答我的吗？用我身上的鲜血报答我吗？"

灵魂继续对渔夫说："现在去打他，你比他强壮。"于是渔夫就真的打了他。商人一下子就晕倒躺在地上了，渔夫赶紧从桌子上拿了那些金子脚步匆忙地穿过石榴园，离开了那座城市。

就在他们赶了三里路之后，渔夫再一次悔悟过来，生气地对灵魂说："你为什么要我杀了商人，还要我抢走他的金子？要知道他可是真心诚意地对待我们的啊！这件事太恶劣了，你竟然是这么恶毒的人。"

但灵魂只是说："不要紧，不要紧啊。"

这一次渔夫不再继续沉默下去了，他追问灵魂："不，这一次我无法再原谅你了，你告诉我为什么要让我去干那些坏事？我恨你，你怎么会变成现在这个样子？"

灵魂回答道："那时候，你把我从你身上割掉，叫我去这个世界上任何地方流浪，却没有把你的心给我，这些坏事都是我在外面学会的，并且我渐渐喜欢上了做坏事。"

渔夫听了他的话，一时之间有点语塞。

灵魂继续说道："没错，就是这样，是因为我的身体里没有一颗心的缘故，所以你也不用再为我担心了，这都是我要承受的，这个世界上一切的苦难都会过去的，至于欢乐，是享受不完的。"

渔夫越发地生气了，他朝着灵魂大喊："你这个恶劣的人！你实在是太坏了，你将我引诱到这里，使我将我的爱人抛在脑后，犯下了这么多的过错。"

"这还不是你没有把心给我就让我离开你的缘故吗？"灵魂说，"不过现在你有了这些金子，不如我们再到别的地方去游历吧，想干什么就干什么，多快乐啊。"

渔夫把身上的那几袋子金子拿出来，狠狠地丢在地上，还用脚踩了好几下，大声地说道："你错了，你不会再迷惑我了，我现在要回到我的爱人身边去，我们之间再也没有关系，再见吧！"说完他马上转过身去，背朝着月亮，从腰间抽出那把绿色手柄的匕首，想要把影子再一次割掉。

但是奇怪的事情发生了，不管他尝试多少次，都再也不能使灵魂离开他的身体了，他牢牢地黏在他的脚跟上。灵魂再也不愿意离开他了，冷冷地看着这一切，并说道："上次红发女巫教给你的那个办法已经不管用了，它只能用一次，如果灵魂再回到你身上就再也不可能除去了。哈哈，你再也不可能摆脱我了。"

渔夫的脸一下子变得煞白，他咬着牙痛苦地喊道："啊，她从没把这件事告诉我，恶毒的女巫，她把我给欺骗了。"一想到自己将不得不和这个灵魂永远捆绑在一起，而且他现在已经变得这么坏，渔夫就控制不住悲伤的情绪难过地哭了。

他一直伤心地哭着，直到太阳出来了，渔夫对灵魂说："既然已经这样了，我要用一根绳子将自己的双手绑起来，好让自己不要再听从你的蛊惑，去做那些坏事；我还要将我的嘴巴封起来，这样我就不会讲出那些违心的恶毒的话。现在我要去海里找我的爱人了，回到我曾经生活过的那片海滩，我要把我的爱人从海里呼唤上来，向她坦白这几天我犯下的罪过，或许还有机会回到海里去也说不定，办法总会有的。"

灵魂笑着说道："爱人？你说的爱人是谁呢？"他要继续诱惑渔夫，将他带到邪路上去，"这个世界上难道就她一个美人儿吗？你错了，你没有到这个广阔的世界上去看看，像她这样的女人多的是。萨马里斯的那些美女们个个能歌善舞，她们的双腿挺拔，雪白的小脚上用凤仙花染成可爱的粉色，手上握着小铜铃，能模仿各种鸟兽的姿态，只要一起舞，就响起悦耳的铃铛声。她们的容貌多么动人啊，笑容就像溪水一样明媚灿烂。你跟我一起去看看她们吧。为什么要那么执着呢？放弃世界上那么多享乐的机会。你跟我走吧，我知道在离这里不远的一个城市里，有一个美丽的花园，里面种满了百合树，住着许多再美也没有的孔雀，它们的肚皮雪白，胸脯是蓝色的，在花园里慵懒地踱着步，有时候会向着太阳的方向，展开华丽的扇子形状的尾巴。漂亮的姑娘每天来给它们喂食，她们眼睛上装饰着锑色的珠子，鼻子的形状像燕子的翅膀，一根精致的金链子挂在一侧的鼻翼上，用钩子钩住一朵珠花，娇艳动人。你还是不要再想你的什么小美人鱼了，和我一起走吧。"

但是不管灵魂说什么，渔夫都不再作答，他的嘴巴已经被自己封起来了，双手也绑得紧紧的。他一刻不停地往回走，回到了以前那个一直听小美人鱼唱歌的海滩，一路上灵魂从没有停止过用各种诱人的人或事引诱他，但是渔夫的信念非常坚定，他的心里只有他的爱人。

等他终于来到海边的时候，才将封条从嘴巴上撕下来，解开捆绑的双手，他一声声地呼唤着小美人鱼的名字。但是很久很久过去了，小美人鱼还是没有游上来，渔夫就这样喊了一天一夜。

灵魂不断地嘲笑他："看看吧，你在她看来也没有多重要嘛，你所付出的一切又有什么意义呢？你将你的一切都给她了，到头来却得到什么了呢？还是跟我一起去寻欢作乐吧，何必受这种罪。"

渔夫根本不去理睬灵魂，他找到一块裂开的巨石，用树枝为自己搭了一个栖身的小窝棚，就在海边住下来。他每天唯一做的事情就是在海边一声声地呼唤着小美人鱼的名字，早晨、中午、晚上，每天都要喊上三次，但是小美人鱼却一次都没有出现过。渔夫不能再长时间待在大海深处了，所以他只能去浅海地段寻找，去洞穴中寻找，在近海的漩涡中寻找，甚至冒险去到深海的井中，能去的地方都去找了一遍，却一无所获。

灵魂每天都在引诱他、恐吓他，说出那些可怕的事好让他的心颤抖、动摇，但是爱情的力量却远比这些更伟大，更有力量，他的内心依然坚定不移。

灵魂看出来了，用世间的享乐和荣华根本不能动摇渔夫半分，所以他开始向他诉说人世间的苦难，渔夫这么善良一定会深受感动，离开他的海滩去帮助他们。"我想给你讲讲世界上的人们遭受的苦难，你应该听听，"灵魂说，"痛苦主宰着这个世界，只要是活着的人，没有能够逃脱得了它的。有那么多人吃不饱，也没有衣服穿，在寒冷的冬天冻得瑟瑟发抖；还有那些身穿紫色长袍或者衣衫褴褛的寡妇们，面容苍白；沼泽地里住着麻风病人，他们被人们遗弃，彼此之间也充满了怨恨，他们生活得非常痛苦，没有东西吃，只能在鄙夷的眼光中四处乞讨为生；饥荒，是的，饥荒正在肆虐着大地。既然你的爱人不回应你，你应该接受自己已经被抛弃的命运，离开这里，人们需要你，而你却一天天在这里消耗时间，爱情真的值得你为此付出这么多吗？"

但是，渔夫依旧像以前一样不回应灵魂，他的心里只有小美人鱼，别的任何东西都进入不了。渔夫依旧每天不停地呼唤着小美人鱼，一天三次从不间断。即使是这样，小美人鱼却从没有出现过，就这样一年过去了。

　　到了第二年，渔夫还是像往常一样一个人孤零零地住在海边的小棚子里。有一天灵魂对他说："在过去的日子里，我一直在不停地引诱你，先是用享乐和世间的欲望引诱你，但是你不为所动；接着又告诉你世间的苦难，来启发你的同情心，也同样失败了；现在我已经放弃了，我知道我不可能比得过爱情的力量。那么请让我跟以前一样进入你的心里吧。"

　　渔夫答应了他的请求，他说："你当然可以进来，我对你也有愧疚，让你一个人在世界上漂泊得太久，变成一个恶劣的灵魂。"

　　灵魂尝试着进入他的心脏，可是失败了，他大叫着："啊，你的心被爱填得太拥挤太满了，已经没有地方让我进去了。"

　　渔夫无奈地说："我希望我可以帮得上忙，但是我也无能为力啊。"

　　就在这个时候，从海上传来一声凄厉的叫声，是穿透人心的一声哀号，渔夫知道这代表着什么，这是美人鱼家族中有谁死了，才会发出的声音。一股不祥的预感袭上渔夫的心头，他一下子跳了起来，从他的小棚子里冲出去，向海滩的方向狂奔而去。海浪凶猛地拍打着岩石，浪花变成了黑色，渔夫看到在远处的黑色浪花中有一个白色的东西随着海浪的起伏上下漂浮着，它白得耀眼，就像海里唯一的花朵。它又轻又柔，被浪头抛来抛去，最后终于被仁慈地推到海滩上，就在渔夫的脚边，他看见了小美人鱼的身体。她躺在他的脚下，已经死去了。

　　他不敢相信眼前发生的事是真的，但是泪水已经无法控制地流了下来，痛苦完全将他吞噬了。他疯狂地亲吻着爱人冰冷的嘴唇，抚摸着她潮湿而黯淡的长发，他的身体因为剧烈的悲伤而不停地颤抖着，他将这个小小的人儿紧紧地抱在怀里，许久许久。然后他继续亲吻她的嘴唇，尽管她已经不会再说话，他还是亲吻着；他亲吻着她的头发，品尝着海水苦涩的味道；他亲吻她紧闭的双眼，尽管他知道它们再也不会睁开、用清澈的眼眸深情地看着他了。

　　渔夫不断地对着小美人鱼说出忏悔的话，这几年来他所犯下的过错全部对着她的耳朵，说给她听。他将她两只苍白无力的小手，像以前一样勾在他的脖子上，轻轻地抚摸着她的雪白的喉咙，一种复杂的情绪感染着他，那是带着痛苦的快乐和带着快乐的痛苦交织在一起的情感。

　　这时，黑色的海水正在不断地蔓延上来，海浪变得更加剧烈，白色的泡沫样子可怕得像麻风病人在沼泽地里哀嚎。从大海的深处、海底之王的宫殿里传来一声声骇人的吼叫声和海神吹响号角的声音，海王发怒了。

灵魂焦急地说："你赶快从这里离开，否则我们俩都要活不成了，海水很快会将我们吞噬。你的心被爱撑得太满了，我知道我再也进不去了，还是快逃走吧，既然我进不去，那就再想办法把我送走吧。"

但是渔夫没有听到灵魂说话，他早已被悲伤淹没，什么话都听不进去了，只是不断呼唤着小美人鱼的名字："爱情是我这一生最珍贵的，没有任何东西可以跟它相提并论，智慧不能、财富不能，人类的双腿更不能。火焰不能将它烧毁，海水也无法将它吞噬。我在天色破晓的时候，曾经对着大海呼唤你，但你没有回应，天上的月亮也听到了我的呼唤，但你就是不愿意出来见我。我这一生犯下的最大的过错就是离开了你，这也是对我自己最大的惩罚。唯一不变的是，你的爱永远伴随着我，它只会变得越来越强烈，充满巨大的力量，它可以摧毁一切。可你为什么要离开我，那么我活在这世上还有什么意思？我情愿跟你一同死去。"

渔夫不愿意离开，他对小美人鱼的爱实在太深太深了，根本不管海水已经蔓延到了他的脚边，他知道自己很快就要死去了，于是再一次疯狂地亲吻着她冰冷的嘴唇，在他的胸膛里，传来什么东西碎裂的声音——是他的心被太多太多的爱给撑破了。灵魂见状，立刻钻进一个裂缝里，终于跟渔夫再一次合为一体了。一个浪头打来，将渔夫彻底淹没了。

到了第二天早晨，神父来到了这片海滩，看到了渔夫的尸体躺在那里，在他的怀里还抱着一条小小的美人鱼。神父皱着眉头不断往后退，还在胸口不停地画着十字，他说道："我对海里的任何东西都不会送去祝福的，他们早就已经抛弃了上帝，而美人鱼家族以及那些愿意与他们来往的人类，更是应该受到诅咒的。而我眼前的这个年轻人，竟然为了追随爱情而抛弃了上帝，最后死在了这个罪恶的情妇的身边。"他喊来人吩咐将他们两个埋葬，不过要埋在一个没有人烟的地方，也不在上面放墓碑，或做任何标志，这样一来就没人会知道他们被安葬在什么地方。神父认为这就是对被诅咒的人的惩罚。

于是那些人就按照神父的话去做了，在一片寸草不生的地方，随便挖个坑就把他们丢了进去，填上土就走了，没有做任何的标记。

到了第三年，教堂里正在举行礼拜，神父穿着自己的法衣，精神抖擞地站到布道台上。当他抬起头的时候，却看到祭坛上面摆放着一些异常美丽芬芳的花朵，是以前从来都没有见过的。神父闻着花的香味，整个人都变得快乐起来。接着他将神龛打开，做了应有的仪式，于是开始讲今天的主题——上帝的愤怒。可是他讲着讲着，闻着花的清香，竟然一点都愤怒不起来，反而觉得心情愉快，他开始不再讲上帝的愤怒了，而是开始讲上帝的爱。他觉得好奇怪，就这么情不自禁地讲起来了。

人们被神父的讲道深深地感动了，他们流下眼泪，神父的眼中也充满了泪水。他突然问道："这些放在祭坛上的鲜花是从什么地方来的?"

他们告诉他，这些花来自一片寸草不生的荒地。神父好像知道了什么，浑身颤抖起来，他在礼拜结束之后，很快就回到自己的家，虔诚地祈祷起来。

一夜过去了，天刚刚亮，神父就带着僧侣、乐师还有那些手里举着蜡烛的信徒等很多很多人一起来到了海边，他向海洋里的一切生物祝福；同时他还向森林里的牧神祝福，向那些在树叶间闪烁着眼睛的小精灵们祝福，他不再持有偏见，而是向所有的东西都送去了祝福。

名师导读

一、名著概览

　　王尔德是 19 世纪唯美主义文学的倡导者和最具有代表性的作家之一，他的作品因独特的个人特色和悲剧性的抒情而深受广大读者的推崇和喜爱。他的才华展现在多个文学领域，他的一生创作了大量诗歌、剧作、小说、童话作品，人们在他的作品中感受着富有诗意的凄婉和忧郁，他记叙的是生命里的美丽与哀愁和平凡生活里的爱、精神世界中的美，以及这两者的毁灭给人的心灵带来的巨大痛苦。著名的作家博尔赫斯在谈起王尔德时这样写道："千年文学产生了远比王尔德更复杂或更有想象力的作者，但没有一个人比他更有魅力。无论是随意交谈还是和朋友相处，无论是在幸福的年月还是身处逆境，王尔德同样富有魅力。他留下的一行行文字至今仍深深地吸引着我们。"也许这就是他在广大读者心目中享有如此地位的原因吧。尤其是他的童话，相比于久负盛名的安徒生童话或者格林童话，王尔德童话具有鲜明的个人和时代特色，抒情性在一定程度上削弱了故事性，但这并不妨碍人们对它的喜爱，反而因凄美隽永又带着悲剧色彩的抒情深受感动。的确，王尔德的童话基本上没有大团圆结局，主人公的命运大多是悲伤的，正是这种不完美使他的作品独有其魅力。

二、填空题

1. 快乐王子浑身上下都披着薄薄的<u>金叶子</u>，当风吹过的时候，便飒飒地轻轻舞动起来，那两颗闪亮梦幻的<u>蓝宝石</u>就是他的眼睛，而挂在腰间的宝剑剑柄上则镶嵌着一颗璀璨夺目的<u>红宝石</u>。善良的快乐王子请求小燕子将<u>红宝石</u>送给了一对贫穷的母子；将两颗<u>蓝宝石</u>做的眼睛，一颗送给了一位写作<u>剧本</u>的年轻人，另一颗送给了一位<u>卖火柴的小女孩</u>；身上的金叶子送给了那些可怜的<u>穷人</u>。

2. 一只夜莺赞美学生的爱情，一心要为他找到一朵<u>红玫瑰</u>，她首先找到一棵<u>白玫瑰花树</u>，接着又找到了一棵<u>黄玫瑰花树</u>，最后她终于找到了一棵<u>红玫瑰花树</u>，但是因为现在是寒冷的<u>冬天</u>，风雪已经冻住了他的<u>血管</u>，冰霜使他的<u>花蕾</u>

无法绽放，大风也吹弯了他的枝干，他今年再不能开出一朵玫瑰花来了。除非夜莺在月光中对着玫瑰花歌唱，同时还要用胸口温暖的鲜血来将花染红。在唱歌的时候，要把胸腔贴住树的一根花刺，整整一夜都不停地歌唱，这样鲜血才能流进树的身体里，使一朵娇艳的红玫瑰绽放。

3. 少年国王在十六岁之前一直住在森林里，当一个牧羊人，每天赶着羊群，但实际上他的母亲是一位公主。人们传说她跟一位来自意大利的艺术家生下了他，生产之后的一个星期她就死去了。他被送去给一对牧羊人夫妇照顾，后来老国王派人把他找回来继承皇位。

4. 西班牙国王为小公主庆祝十二岁的生日，在她生日宴会那天表演了许多有趣的节目，首先进行的是人扮演的斗牛表演；接着是由一位法国的走绳索大师在一根绳子上表演的走绳索；然后是表演木偶戏的时间，他们特意为这场表演布置了一个小小的戏台，上演了一出动人心弦的悲剧《索福尼西巴》；下面的一个节目是非洲人表演戏法；接下来的节目是吉普赛人的弹琴表演。不过在所有的节目当中，最精彩最有意思的还是小矮人表演的舞蹈。他长得异常丑陋，但是逗得小公主非常开心，于是她将戴在头上的一朵白玫瑰花抛给了他。

5. 年轻的渔夫有一天捕上来一条美人鱼，他愿意放了她，但要求她每天都来为他唱歌，时间久了，渔夫就爱上了她，但是美人鱼是没有<u>灵魂</u>的，除非渔夫也将自己的<u>灵魂</u>舍去。他首先去找了一位<u>神父</u>，<u>神父</u>并没有帮他；接着他找到了一位<u>红发女巫</u>，<u>女巫</u>给了他一把绿色手柄的<u>匕首</u>，只要他背对着<u>月亮</u>，用匕首将<u>影子</u>割掉，<u>灵魂</u>就会离他而去。

三、简答题

1. 快乐王子和小燕子的故事读了之后很令人感动，想一想如果你是那只小燕子的话，你会怎么选择，你是会留下来帮助快乐王子，还是会毫不犹豫地飞去埃及找你的伙伴们呢！

2. 星孩本来长得非常漂亮，为什么他突然间变得奇丑无比？后来又是怎么变回漂亮的外表的？读了这个故事你有什么启示？

3. 你觉得小汉斯忠实的朋友磨坊主大修，真的是忠实的吗？我们一起来想一想朋友间的友情该是什么样子的，来说一说你最好的朋友吧，分享你们之间的故事。

4. 神奇的火箭有什么样的性格呢？如果生活中碰到了像火箭一样的人，你会喜欢他吗？如果不喜欢的话，你会给他什么样的建议呢？

图书在版编目（CIP）数据

王尔德童话／（英）王尔德著；陈月改写. — 南京：
南京大学出版社，2015.1
（新课标经典名著：学生版）
ISBN 978－7－305－14156－0

Ⅰ. ①王…　Ⅱ. ①王…　②陈…　Ⅲ. ①童话－作品集
－英国－近代　Ⅳ. ①I561.88

中国版本图书馆 CIP 数据核字（2014）第 257681 号

出版发行　南京大学出版社
社　　址　南京市汉口路 22 号　　　　邮编　210093
出 版 人　金鑫荣
丛 书 名　新课标经典名著·学生版
书　　名　王尔德童话
著　　者　（英）王尔德
改　　写　陈　月
责任编辑　冯小梅　蔡冬青

照　　排　江苏南大印刷厂
印　　刷　北京北方印刷厂
开　　本　880×1230　1/32　印张 6.375　字数 116 千
版　　次　2015 年 1 月第 1 版　　2015 年 1 月第 1 次印刷
ISBN 978－7－305－14156－0
定　　价　13.00 元

网　　址：http：//www.njupco.com
官方微博：http：//weibo.com/njupco
官方微信号：njupress
销售咨询热线：（025）83594756